James Stuart Bell (Hg.)

Der Herrnhuter Stern

und andere wahre Geschichten,
die das Herz berühren

Über den Herausgeber

James Stuart Bell arbeitet als Autor, Verleger, Herausgeber, Verlagsberater und Literaturagent. Er ist verheiratet, hat vier erwachsene Kinder und lebt in Chicago, USA.

James Stuart Bell (Hg.)

Der Herrnhuter Stern

und andere wahre Geschichten, die das Herz berühren

Aus dem Englischen übersetzt
von Bettina Hahne-Waldscheck

GerthMedien

Die amerikanische Originalausgabe
erschien im Verlag Ideals Publications,
A Guideposts Company, Nashville, Tennessee,
unter dem Titel „Stories to Warm the Heart at Christmas".

1. Auflage 2024
Bestell-Nr. 817137
ISBN 978-3-95734-137-2

Umschlaggestaltung: Hanni Plato
Umschlagmotiv: Hanni Plato
Lektorat: Damaris Müller
Satz: Carsten Schmidt
Druck und Verarbeitung: GGP Media GmbH, Pößneck
Printed in Germany

www.gerth.de

Inhalt

Vorwort

Kaum ein Fest weckt so viel Nostalgie und Sehnsucht wie Weihnachten. Wir denken an einen anheimelnd warmen Ort, an Weihnachtsbäume mit hellen Lichtern, frisch gebackene Plätzchen und schöne Geschenke. Doch viel wichtiger als all diese Äußerlichkeiten ist die Liebe, die wir für unseren Retter, für Familie und Freunde sowie für diejenigen, denen es weniger gut geht als uns selbst, verspüren.

Die Vorweihnachtszeit erleben wir oft als sehr hektisch, weil uns alle möglichen Fragen beschäftigen: Wird meine Tochter ihre Rolle im Krippenspiel meistern? Werde ich das letzte Geschenk an Heiligabend noch bekommen, bevor die Läden schließen? Werden mein Sohn und meine Schwiegertochter beim Familientreffen wieder zueinanderfinden? Und wer kümmert sich um den Obdachlosen, der immer vor der Tür des großen Kaufhauses sitzt?

In all dem Trubel sollten wir jedoch immer wieder innehalten und uns auf die eigentliche Bedeutung von Weihnachten besinnen: dass Gott selbst vor über zweitausend Jahren auf diese Erde gekommen ist, um uns mit sich zu versöhnen.

In den folgenden Geschichten finden wir Beispiele dafür, wie Gott auch heute noch auf geheimnisvolle Art und

Weise handelt. Er möchte uns von Einsamkeit, Zorn und Bitterkeit befreien. Und wenn er in unser Leben eingreift und unser Herz mit seiner Liebe erfüllt, können wir in dieser dunklen Jahreszeit auch für andere ein Licht anzünden.

Weihnachten findet im Inneren statt

„Wir sollen den Weihnachtsstern nicht beleuchten? Ausgeschlossen!“, sagte ich kopfschüttelnd. Ich konnte kaum glauben, dass mein Mann wirklich meinte, wir müssten in diesem Jahr auf die beleuchtete Außendekoration verzichten.

„Wir sollten unseren Teil zum Energiesparen beitragen“, erklärte er.

„Aber unser Stern ist seit zwanzig Jahren Weihnachtstradition, Tom!“, widersprach ich, nicht im Geringsten gewillt, seine Haltung zu akzeptieren.

Mein Mann wusste, wie wichtig es für mich war, unsere Traditionen aufrechtzuerhalten. Ich freute mich immer schon wochenlang auf die Festtage, weil sich dann wieder einmal die ganze Familie bei uns versammeln würde.

Manche unserer Traditionen reichten bis in die Zeit zurück, als unsere beiden Kinder noch klein gewesen waren. Und wie in vielen anderen Familien auch hatten sich bei uns einige feste Rituale entwickelt, ohne die Weihnachten undenkbar gewesen wäre.

Die beiden wichtigsten Bräuche waren für uns, die Krippenfiguren auf dem Wohnzimmertisch aufzustellen und den großen silbernen Stern am Dachvorsprung über dem

Vordereingang unseres Hauses aufzuhängen. Diesen Stern hatte ein lieber Freund von uns gemacht. An allen fünf Zacken sowie in der Mitte des Sterns war jeweils eine Glühbirne angebracht, die möglicherweise tatsächlich mehr Strom verbrauchte als manche anderen Weihnachtslichter. Trotzdem protestierte ich weiter.

„Ich sehe nicht ein, warum diese paar Glühbirnen so viel ausmachen sollten", sagte ich.

„Also bitte, Frances", entgegnete Tom leicht verärgert. „Stell dich doch nicht dümmer, als du bist!"

„Wenn wir auf die Lichterkette an der Eingangstür und auf die am Laternenpfosten an unserer Einfahrt verzichten, spart das genug. Dann können wir immer noch den Stern beleuchten!"

„Ich weiß, es scheint nicht weiter ins Gewicht zu fallen, ob ein einzelnes Haus einige beleuchtete Außendekorationen hat oder nicht. Aber wenn Tausende von Familien genauso denken, hat dies einen gewaltigen Einfluss auf den Stromverbrauch unserer Stadt", beharrte Tom. „Wir könnten unserer Nachbarschaft mit gutem Beispiel vorangehen, dann bewegt sich vielleicht allmählich etwas. Jeder muss irgendwann begreifen, dass Energiesparen notwendig ist."

Als ich sah, wie energisch mein Mann sein Kinn vorschob, wurde mir klar, dass er diesmal nicht nachgeben würde.

Ich versuchte gar nicht erst, meine Enttäuschung zu verbergen. Anstatt einsichtig und vernünftig zu sein, zog ich einen Schmollmund.

„Weihnachten mit einem unbeleuchteten Stern – da fehlt doch was!", sagte ich betrübt. „Was sollen denn unsere

Kinder denken, wenn sie über die Festtage kommen? Wie werden sie sich fühlen, wenn es keine Außenlichter zur Begrüßung gibt?"

Tom kam näher und klopfte mir auf die Schulter. „Weihnachten spielt sich nicht draußen ab, Frances. Es ist die innere Einstellung, die zählt. Du wirst schon sehen, dass du den Stern nicht einmal vermissen wirst, wenn du erst das Innere des Hauses geschmückt hast. Die Familie wird wie immer ihre Krippe bekommen, und das ist schließlich unsere wichtigste Familientradition."

Ich atmete tief durch, schob jeden Gedanken an diese Enttäuschung beiseite und machte mich daran, unsere Wohnung zu dekorieren. Als Erstes holte ich die Kiste hervor, in der sich die Krippenfiguren befanden, und trug sie ins Wohnzimmer. Tom hatte recht: Die Krippe war unsere schönste Weihnachtstradition und jeder in der Familie liebte sie.

Als Don und Pamela noch in der Grundschule gewesen waren, hatte ihre Großmutter uns von einer Reise ins Heilige Land diese Krippenfiguren mitgebracht. Ein Künstler in Jerusalem hatte sie aus einem weichen Olivenholz mit dunkler Maserung geschnitzt. Es gab insgesamt zwölf dieser Figuren, die durch die natürliche Schönheit des Holzes und ihre schlichte Form bestachen: das Christkind, Maria, Josef, die drei Weisen aus dem Morgenland, zwei Hirten, zwei Schafe und ein Ochsenpaar. Irgendwann hatten wir noch ein Kamel aus einem helleren Holz und einen hübschen kleinen Engel hinzugefügt.

Da Tom gerne mit Holz arbeitete, hatte er vor einigen Jahren an seiner Drehbank mehrere Kerzenhalter in verschiedenen Größen aus Kirsch-, Walnuss- und Ahornholz gefertigt. Bestückt mit großen grünen Kerzen, bildeten sie einen entzückenden Hintergrund für die Krippe.

Ich stellte Maria und Josef an ihren Platz neben dem Christkind und trat danach etwas zurück, um das Gesamtbild zu betrachten. Spontan entschloss ich mich, die Kerzen anzuzünden, und innerhalb weniger Sekunden erstrahlten die Flammen in hellem Glanz.

Da stieg plötzlich ein Gefühl der Freude in mir auf und ich dachte: *Tom hat recht! An Weihnachten kommt es nicht auf die Außendekoration an, sondern auf das, was wir tief in unserem Herzen spüren.*

Obwohl mein Mann mich damit getröstet hatte, dass ich ja das Innere unseres Hauses schmücken könne, zählten letztendlich weder Tannengrün noch irgendein anderer Schmuck. Im Grunde geht es an Weihnachten nämlich darum, sich daran zu erinnern, dass unser Retter, Jesus Christus, als Kind in diese Welt gekommen ist.

Ich stand still da und betrachtete die Krippenszene. Die einfachen Olivenholzfiguren waren von einem warmen Schein umgeben, der in mir ein besonderes Glücksgefühl auslöste. In meinem Inneren war Weihnachten.

Frances E. Wilson

Um Weihnachten zu feiern,
braucht man kein Kerzenlicht
und kein Kaminfeuer.
Auch der Weihnachtsbaum
und die Geschenke
– so schön sie auch sein mögen –
sind im Grunde nicht nötig,
denn es geht doch um Jesus selbst!
Er soll Raum finden in unserer Herberge,
damit wir entdecken,
welch unermessliche Freude
seine Gegenwart in uns hervorruft …
Mögen Sie und Ihre Familie
an diesen Feiertagen etwas von
dieser Herrlichkeit spüren!

Jack Hayford

Zeit des Staunens

Es war der Tag, an dem die Weihnachtsfeier im Kinderheim stattfinden sollte, doch ich war nicht mit dem Herzen bei der Sache. Im Grunde hatte ich dieses Jahr bereits sämtliche Programmpunkte der Weihnachtsfeiertage – Geschenkekauf, Baumschmücken, sogar das Hören der Weihnachtsgeschichte – absolviert, ohne innerlich beteiligt gewesen zu sein. Wieder einmal war die Weihnachtszeit von vielen ermüdenden Details und anstrengenden Pflichten überschattet gewesen.

„Weihnachten ist einfach nicht mehr so wie früher", murmelte ich vor mich hin, als ich daran dachte, wie sehr mich dieses Fest in meiner Kindheit immer verzaubert hatte.

„Weihnachten verändert sich nicht", entgegnete mein Mann. „Aber wir."

Ich zuckte mit den Achseln und konzentrierte mich auf die anstehende Aufgabe: Ich sollte ein Geschenk für die sechsjährige Angela mitbringen, ein neues Kind im Heim. Zwar hatte ich bereits einen hübschen Pullover für sie ausgesucht, doch nun bedauerte ich, dass ich nicht noch ein kleines Spielzeug für sie besorgt hatte – eine Puppe oder einen Teddybären.

Als mein Blick auf unsere Kiste mit Weihnachtsdekorationen fiel, bemerkte ich eine kleine Krippe, die irgendjemand aus Eisstielen gebastelt hatte. Aus einem Impuls heraus packte ich sie zu dem Pullover dazu.

Einige Zeit später betrachtete die kleine Angela voller Vorfreude ihr Geschenk. Strahlend riss sie das Papier auf und hielt schließlich die selbst gebastelte Krippe in der Hand.

„Sie soll dich daran erinnern, dass Gott als kleines Baby auf diese Welt gekommen ist", erklärte ich.

Angelas Augen wurden groß vor Staunen. „Was, das Kind in der Krippe war Gott?"

„Ja, natürlich", antwortete ich. Dabei wurde mir bewusst, dass dies wohl das erste Mal in ihrem Leben war, dass sie die Weihnachtsbotschaft hörte.

Angela war so überwältigt, dass sie von ihrem Stuhl aufsprang. Sie hob die Arme und tanzte vor lauter Freude im ganzen Zimmer herum. Und mit einem Mal war es so, als ob ich diese Geschichte ebenfalls noch nie zuvor gehört hätte.

In jenem Jahr habe ich gelernt, dass wir das Geheimnis von Weihnachten nur dann entdecken können, wenn wir uns die Fähigkeit bewahrt haben, darüber zu staunen. Mein Mann hatte recht: Weihnachten ändert sich nicht, aber wir Menschen sind oft nicht mehr imstande, die tiefe Bedeutung dieses Festes zu erfassen.

Falls Sie nach einer Möglichkeit suchen, wie Sie inmitten von Trubel und Hektik den Zauber von Weihnachten neu aufleben lassen können, probieren Sie doch einmal folgende Tipps aus. Mir persönlich haben sie jedenfalls geholfen:

1. Sobald Sie merken, dass Sie in der Vorweihnachtszeit nicht mit dem Herzen bei der Sache sind, sollten Sie Ihr Tempo drosseln. Legen Sie kleine Ruhepausen ein; nehmen Sie sich Zeit, um genau hinzuschauen und hinzuhören. Machen Sie einen Winterspaziergang oder setzen Sie sich gemütlich vor den Kamin. Die taubblinde Schriftstellerin Helen Keller bemerkte einst: „Die Sehenden sehen wenig.“ Darum sollten wir uns bemühen, so vertraute Dinge wie Kerzen und Weihnachtssterne mit ganz neuen Augen zu sehen. Wir sollten das Läuten der Glocken und die Liebe, die in der Weihnachtsgeschichte verborgen liegt, ganz neu auf uns wirken lassen.

2. Gehen Sie ganz bewusst durch den Advent – die Zeit, in der wir das Kommen von Jesus Christus erwarten. Es gibt sehr schöne Adventskalender mit Geschichten zum Vorlesen, die hilfreiche Gedankenanstöße enthalten. Man kann auch selbst einen Adventskalender gestalten. Ich finde es beispielsweise gut, eine Reihe von Briefumschlägen aufzuhängen, in denen sich Karten mit konkreten Vorschlägen befinden: *Schreibe jemandem eine Nachricht, in der du dich bei ihm bedankst. Vergib jemandem, der dich verletzt hat. Sag jemandem, dass du ihn lieb hast. Zähle einige Dinge auf, für die du dankbar bist.*

3. Werden Sie wie ein Kind. In der Bibel lesen wir, dass uns sogar Jesus selbst diesen Rat gibt (vgl. Markus 10,15). Kinder können über manches in Entzücken geraten, an dem wir Erwachsenen achtlos vorübergehen. In einem Kaufhaus habe ich einmal beobachtet, wie ein kleiner Junge

einem Christkind aus Plastik liebevoll ein Weihnachtslied vorgesungen hat. Und wieso auch nicht? Der Kern der Weihnachtsbotschaft tritt oft in Momenten wie diesen zutage, wenn wir dem Christkind ganz spontan und mit unverhohlener Verehrung begegnen.

4. Sagen Sie Ja zu Gottes Überraschungen. Machen Sie sich klar, dass Gott oft völlig anders handelt, als wir es uns gedacht hätten: Das göttliche Kind wird in einem Stall geboren, ein heller Stern fungiert als Wegweiser, Engel singen am nächtlichen Himmel. Auch in unserem Leben möchte Gott Dinge tun, die unsere Vorstellungskraft übersteigen. Wenn wir darauf gefasst sind, dass Gott uns jederzeit und überall überraschen könnte, tut er dies gewöhnlich auch.

5. Teilen Sie das, was Sie von Gott empfangen haben, mit anderen. Unsere Fähigkeit zu staunen wächst, je mehr wir andere damit anstecken. Weihnachten wird umso heller, je mehr wir anderen geben – auch wenn wir gerade nur eine selbst gebastelte Krippe aus Eisstielen zur Hand haben.

Nicht lange nach jenem Weihnachten verließ Angela das Kinderheim und kam in eine Pflegefamilie. Doch es vergeht kaum ein Jahr, in dem ich nicht daran denke, auf welche Weise sie mir die Weihnachtsbotschaft in Erinnerung gerufen hat: „Und der Engel sprach zu ihnen: Fürchtet euch nicht! Siehe, ich verkündige euch große Freude, die allem Volk widerfahren wird; denn euch ist heute der Heiland geboren, welcher ist Christus, der Herr, in der Stadt Davids" (Lukas 2,10–12; LU).

Manchmal lächle ich dabei in mich hinein, weil ich finde, dass der Name Angela genau zu ihr passt.

Sue M. Kidd

*Es ist gut, manchmal wieder
ein Kind zu sein,
insbesondere an Weihnachten,
wenn wir uns daran erinnern,
dass der Schöpfer selbst
ein Kind gewesen ist.*

Charles Dickens

Das Wunder am Filmset

Am nächtlichen Himmel war ein heller Stern zu sehen, dessen Licht auf einen bescheidenen Stall fiel. Im Innern des Gebäudes drängten sich einige Kühe und Schafe aneinander und blickten verwundert zu den Überraschungsgästen jenes Abends hinüber: zwei jungen Reisenden aus einem weit entfernten Dorf und ihrem neugeborenen Kind, das friedlich in einer mit Stroh gefüllten Krippe schlief. Einige stumme Beobachter, die dieses besondere Ereignis nicht verpassen wollten, standen am Eingang des Stalls.

Für einen kurzen Moment war alles still und es herrschte eine geradezu feierliche Stimmung. Dann wachte das Baby auf und begann zu schreien. Eine Kuh lief erschrocken zur Tür, wobei sie lauter Stroh vom Boden aufwirbelte, und die Schafe blökten laut durcheinander.

Alle Anwesenden wandten sich in meine Richtung, worauf ich kopfschüttelnd „Cut!“ rief.

Die Arbeiten am Set der „Weihnachtsgeschichte“ dauerten nun schon zwei Tage an und wir waren noch kaum vorwärtsgekommen. Das Bethlehem, das wir in einer italienischen Landschaft nachgebaut hatten, sah großartig aus. Aber das war auch das Einzige, was wir bisher als Erfolg verbuchen konnten.

Grimmig starrte ich auf unseren örtlichen Tiertrainer, der vergeblich versuchte, das Vieh unter Kontrolle zu halten. Erst am Vortag hatte er zugegeben, dass er noch nie mit Bauernhoftieren gearbeitet hatte. *Und das sagen Sie mir jetzt!*, hatte ich empört gedacht.

Etwas früher an jenem Tag war der Esel, der Maria und Josef tragen sollte, gestürzt und hatte sich am Bein verletzt und sein Ersatz sah irgendwie anders aus. So viel zum Thema Kontinuität.

Inzwischen lief uns die Zeit davon. Das Baby, das Jesus darstellen sollte, konnte immer nur fünfundzwanzig Minuten am Stück drehen, und das auch nur bis Mitternacht. Jetzt war es bereits Viertel nach elf. Und morgen mussten wir nach Marokko fliegen, um die letzte Szene zu drehen. Ich seufzte. *Bekommen wir das je richtig hin?*

Als ich für einen Moment die Augen schloss, sah ich die Szene, die ich mir vorgestellt hatte, ganz deutlich vor mir. Den Hintergrund bildete eine Landschaft, wie ich sie in meiner Kindheit an Weihnachten nachgebaut hatte. Meine Familie hatte diesen Brauch von den Latino-Familien übernommen, die um uns herum in der Stadt McAllen im südlichen Texas wohnten.

Ich hatte alte Schuhkartons aufeinandergestellt, um den Stall zu errichten, mithilfe zerknüllter Einkaufstüten Felsen und Hügel geformt und diese Landschaft schließlich mit hübschem Bastelmoos überzogen. Auf diese Weise hatte ich ein Bethlehem gestaltet, das unser halbes Wohnzimmer einnahm. Zuletzt wurden die Figuren hinzugefügt: Maria und Josef, die drei Weisen, das Baby Jesus und noch ein paar Tiere.

Die einzigen Tiere, die sich damals danebenbenommen hatten, waren unsere Katzen gewesen. Sie hatten sich hinter der Krippe versteckt und mit ihren Krallen das Moos durchlöchert. Mein Vater, der in der Kirche sang, lud immer den ganzen Chor ins Haus ein. So standen wir dann alle vor meinem Bethlehem und sangen bis spät in die Nacht Weihnachtslieder.

Es machte mir so viel Spaß, diese Krippenlandschaften zu bauen, dass ich nach dem Studium Bühnenbildnerin beim Film wurde. Ich wirkte bei zwanzig Hollywoodfilmen mit und träumte davon, eines Tages selbst Regie führen zu dürfen. Aber ich hätte nie damit gerechnet, dass ich einmal die Gelegenheit haben würde, einen Film über die Geburt von Jesus zu drehen. Zunächst schien es nämlich, als könne ich nicht genug Unterstützer für ein eigenes Projekt gewinnen – bis ein dreizehnjähriges Mädchen namens Nikki alles veränderte.

Ich kannte Nikki, seit sie fünf Jahre alt gewesen war. Ihre Mutter war eine gute Freundin von mir, die in ihrem Haus in Los Angeles als selbstständige Friseurin arbeitete. Immer wenn ich von einem langen Dreh zurückkam, ging ich zu ihr, um mir die Haare schneiden zu lassen. So war es auch an jenem Frühlingstag: Wir plauderten angeregt miteinander, während meine Freundin fachmännisch meinen Pony schnitt.

Da flog auf einmal die Tür auf und Nikki stürmte herein. Ich hatte über die Jahre zusehen können, wie sie immer größer geworden war, doch jetzt erschrak ich: Wo waren der Pferdeschwanz und die Latzhosen geblieben? Stattdessen trug sie dickes Make-up und eng anliegende Kleidung;

in ihrer Zunge und in ihrem Bauchnabel steckte ein Piercing.

Die Spannung, die zwischen ihr und ihrer Mutter herrschte, war deutlich zu spüren, als Nikki durch den Flur in ihr Zimmer stapfte und die Tür hinter sich zuknallte. Was war denn da los?

„Ich weiß nicht mehr, was ich tun soll!", klagte meine Freundin.

„Lass mich mit ihr reden", schlug ich ihr vor. Wie sich jedoch herausstellen sollte, war dies gar nicht so einfach: Ich musste in den folgenden Monaten immer wieder Zeit mit Nikki verbringen und alles Mögliche mit ihr unternehmen, bevor sie sich mir gegenüber öffnete.

Schließlich erfuhr ich jedoch, wie hart es ist, ein Teenager zu sein. Nikki hatte das Gefühl, sie müsse sich ihren Kameradinnen in allem anpassen, darum stand sie jeden Morgen schon um 4.30 Uhr auf, um sich zu frisieren und zu schminken. Dabei war sie erst in der siebten Klasse! Den Glauben, mit dem ich aufgewachsen war, kannte sie nicht; ihre gleichaltrigen Freunde hatten ebenfalls viele Probleme.

„Was möchtest du mit deinem Leben anfangen?", fragte ich sie.

„Ich möchte Schauspielerin werden", vertraute sie mir an.

Oh nein, das hat mir gerade noch gefehlt!, dachte ich. Aber dieser Wunschtraum konnte immerhin bewirken, dass sie sich ein Ziel setzte und darauf hinarbeitete. Also sorgte ich dafür, dass sie Schauspielunterricht bekam, und schenkte ihr einige Bücher zu diesem Thema.

Je öfter wir miteinander sprachen, desto deutlicher wurde mir bewusst, dass sich viele Jugendliche mit Nikki identifizieren würden. Wie wäre es also, wenn wir einen Film über sie drehen würden?

Nikki war begeistert von dieser Idee. Daraufhin verfassten wir innerhalb von sechs Tagen ein Drehbuch für einen Low-Budget-Film. Nikki spielte die Hauptrolle und ich führte Regie. Die Arbeit am Set war wie eine Therapie für das junge Mädchen. Ihre Mutter war jeden Tag beim Drehen dabei und die beiden kamen sich näher denn je.

Unser Film mit dem Titel „Thirteen" („Dreizehn") wurde von den Kritikern hoch gelobt, und nach der Premiere bekam ich immer wieder Drehbücher von Filmstudios oder Agenten, die mich für weitere Projekte engagieren wollten. Ich drehte noch einen weiteren Film über die Probleme von Jugendlichen und dann schickte man mir eines Tages ein Drehbuch mit dem Titel „Die Weihnachtsgeschichte". Sofort dachte ich an die Weihnachtskrippen meiner Kindheit. Aber die Geschichte von der Geburt Jesu als Film inszenieren?

Ich nahm das Drehbuch, setzte mich und begann zu lesen. Die Geschichte war aus dem Blickwinkel Marias geschrieben, und schnell wurde mir klar, dass ich kaum etwas über diese bedeutende biblische Person wusste. Obwohl ich als Kind regelmäßig in den Kindergottesdienst gegangen war, hatte ich dort so gut wie nichts über die Mutter unseres Retters erfahren.

Nachdem ich das Skript durchgelesen hatte, ging ich an den Computer und begann zu recherchieren. Offenbar waren viele Gelehrte der Ansicht, dass Maria erst dreizehn Jahre alt gewesen war, als sie schwanger wurde.

Erst dreizehn?! Ich war schockiert und hatte unwillkürlich meine junge Freundin Nikki vor Augen. Wie hatte wohl eine Teenager-Maria den Druck ihrer Zeit verkraftet?

Diesem Gedanken wollte ich unbedingt nachgehen, darum nahm ich das Angebot, diesen Film zu drehen, mit Freuden an.

Da wir nicht in Israel drehen konnten, entschieden wir uns für Marokko und Italien. In einer geeigneten italienischen Landschaft bauten wir Nazareth und Bethlehem nach, wobei wir uns strikt an die Angaben neuester archäologischer Funde hielten. Ein jüdischer Gelehrter vermittelte den Schauspielern, wie man zweitausend Jahre zuvor im Heiligen Land gelebt hatte – wie man dort Häuser gebaut, Schafe geschoren, Felder bestellt und Brot gebacken hatte.

„Die Menschen haben auch anders gebetet als wir heute", erklärte er. „Statt die Hände zu falten und den Kopf zu neigen, haben sie beispielsweise ihre Arme ausgestreckt, um sich Gott näher zu fühlen."

Die Crew am Drehort umfasste Menschen verschiedener Religionen, und das Thema unseres Films brachte es mit sich, dass wir über unseren jeweiligen Glauben redeten und entdeckten, was uns miteinander verband. Das war sehr ermutigend.

Kaum hatten wir mit dem Drehen begonnen, folgte jedoch bald die Ernüchterung, denn vieles gestaltete sich weitaus schwieriger, als wir gedacht hatten. Jede Szene war ein Kampf und nun ging bei der allerwichtigsten, der Szene im Stall, auch noch alles Mögliche schief.

Ich schaute auf unsere Maria, eine sechzehnjährige Schauspielerin, die im Stroh kauerte. Vor dem Dreh hatte ich mit ihr darüber gesprochen, was wohl im Kopf der echten Maria vorgegangen sein muss, als sie in diese Lage kam. Maria war noch so jung, weit weg von zu Hause und sie hatte in dieser primitiven Umgebung die Schmerzen einer Geburt durchleiden müssen. Wie hatte sie sich wohl gefühlt?

Über dem Stall hatten wir ein helles Licht aufgestellt – den strahlenden Stern von Bethlehem. „Der Stern war nicht nur ein Zeichen für die Weisen aus dem Morgenland, sondern er sollte für Maria auch als Erinnerung dienen, dass sie mit Gott verbunden war", erklärte ich. Sie hätte an der Verheißung des Engels zweifeln können, besonders, nachdem sie an jeder Tür in Bethlehem abgewiesen worden war und sich nun in einem schmutzigen Stall wiederfand.

Aber sie hatte daran festgehalten, dass all dies Teil von Gottes Plan war. Und in diesem Moment wurde ihr Glaube belohnt.

Während des ganzen Drehs hatte ich versucht, mich genau an die Schilderungen der Bibel zu halten. Nun war es an der Zeit, dass ich mir an Marias unerschütterlichem Gottvertrauen ein Beispiel nahm. Ich beruhigte mich und konzentrierte mich darauf, wie wir es schaffen konnten, diese Szene noch vor Mitternacht in den Kasten zu bekommen. Für einige entferntere Over-Shoulder-Einstellungen konnten wir statt des echten Babys eine Puppe nehmen. Ein paar besonders störrische Tiere wurden an den Rand geführt.

„Okay, lasst es uns noch mal versuchen", sagte ich zur Crew. Jeder begab sich an seine Position. Josef und Maria knieten im Stroh. Hinter ihnen führte der Trainer die Tiere an ihren Platz. Das Baby Jesus wurde Maria vorsichtig gereicht.

„Kamera ab", befahl ich leise.

Das Baby ruhte still in Marias Armen. Die stolzen Eltern strahlten und auf den Gesichtern der Hirten zeichnete sich Staunen ab; sogar die Tiere schienen für einen Moment durch diese Ehrfurcht zur Ruhe zu kommen.

Wie durch ein Wunder hatte endlich alles geklappt! Ich freute mich sehr und hoffte, dass diese Szene zumindest eine gewisse Ähnlichkeit aufwies mit dem, was sich tatsächlich vor zweitausend Jahren in Bethlehem abgespielt hatte.

Nun fehlte nur noch der Schluss der Geschichte – die Flucht nach Ägypten. Die Sandstürme in der marokkanischen Wüste brachten unseren Zeitplan völlig durcheinander und wieder einmal ging nahezu alles schief. Am letzten Drehtag hatten wir ungefähr 48 Grad Celsius und unsere Eselin Gilda weigerte sich weiterzutrotten.

„Zieh sie vorwärts!", rief ich unserem Josef zu.

„Das tu ich doch!", erwiderte er. Wir boten dem Tier alle möglichen Leckerbissen an, aber es rührte sich einfach nicht vom Fleck.

Unsere Frustration steigerte sich, als uns klar wurde, dass uns erneut die Zeit davonlief.

Ich rief mir ins Gedächtnis, wie schwer es gewesen war, die Szene im Stall von Bethlehem zu drehen. Hatte der jüdische Gelehrte nicht gesagt, dass die Menschen damals ganz anders gebetet hatten als wir heute? Hatten sie womöglich eher damit gerechnet, dass Gott in ihr Leben eingreifen und ein Wunder tun würde?

Plötzlich hatte ich eine Idee. Ich rief die Crew zusammen und wir standen alle im Kreis.

„Hört mal, ich möchte, dass sich jetzt jeder von uns konzentriert und im Stillen dafür betet, dass dieser Esel vorwärtsmarschiert!"

Die Mitglieder meiner Crew blickten mich etwas skeptisch an.

„Bringt die Kamera in Position, und wenn ich ‚Action' sage, dann beten wir."

Wir machten alles für die Szene bereit.

„Action!"

Einen Moment lang geschah gar nichts. Dann machte der Esel einen zögerlichen Schritt nach vorne. Und dann noch einen. Die junge Familie bewegte sich langsam, aber stetig auf den Horizont zu – in Richtung Sicherheit und Rettung. Es war das perfekte Ende einer Geschichte, die heute noch für jeden von uns eine besondere Bedeutung hat.

Catherine Hardwicke

Eine Jungfrau wird
schwanger werden
und einen Sohn bekommen.
Den wird man Immanuel nennen.
Das bedeutet: „Gott ist mit uns!“

Matthäus 1,23

Kein Raum in der Herberge?

Sobald in der kleinen Stadt von dem alljährlich stattfindenden Krippenspiel die Rede ist, fällt auf jeden Fall der Name Wim. Die Weihnachtsaufführung, bei der er mitgewirkt hat, ist längst zur Legende geworden. Alte Hasen, die damals dabei gewesen sind, genießen es heute noch, von diesem Ereignis zu berichten.

Wim war in jenem Jahr neun Jahre alt und besuchte die zweite Klasse, obwohl er eigentlich schon in der vierten hätte sein sollen. Die meisten Leute in der Stadt wussten, dass es ihm nicht leichtfiel, in der Schule mitzukommen. Er war groß und tollpatschig, langsam in seinen Bewegungen und auch sein Gehirn arbeitete langsam. Dennoch war Wim bei seinen Klassenkameraden, die alle kleiner waren als er, beliebt – auch wenn man ihn nicht so gerne mitspielen ließ, sobald es ums Gewinnen ging.

Häufig stand er darum am Rand und schaute nur zu, ohne jedoch im Geringsten beleidigt zu sein. Er lächelte freundlich, war stets hilfsbereit und hoffte im Stillen immer darauf, dass er irgendwann doch noch mitmachen durfte. Wer von anderen benachteiligt wurde, konnte auf Wims Hilfe zählen, und wenn die älteren Jungen manchmal die jüngeren davonscheuchten, sagte er grundsätzlich: „Können sie nicht dableiben? Sie stören doch nicht!“

Beim Krippenspiel in jenem Jahr hätte Wim gerne einen Hirten gespielt, doch die Leiterin, die mit den Kindern das Stück einstudierte, wies ihm eine andere Rolle zu. Der Wirt der Herberge musste nicht allzu viel sagen, hatte sie überlegt. Und die Abfuhr, die er dem heiligen Paar erteilen musste, würde noch eindrücklicher wirken, wenn er größer als alle übrigen Kinder war.

Kurz vor Weihnachten versammelte sich also wieder einmal ein erwartungsvolles Publikum, um das alljährliche Spektakel zu genießen. Überall sah man künstliche Bärte, Kronen und Heiligenscheine und die Stimmen der Kinder wurden ganz schrill vor Aufregung.

Keiner war jedoch stärker gefesselt vom Zauber dieses Abends als Wim. Er stand in den Kulissen und verfolgte die Aufführung mit solcher Faszination, dass die Regisseurin ihn einige Male vorsorglich am Arm packte, damit er nicht vor seinem Einsatz auf die Bühne marschierte.

Schließlich war es so weit: Josef führte seine schwangere Frau behutsam zum Eingang der Herberge. Dann klopfte er energisch an die hölzerne Tür, hinter der der Wirt schon bereitstand.

„Was wollt ihr?“, fragte Wim, nachdem er die Tür schwungvoll geöffnet hatte.

„Wir suchen eine Unterkunft.“

„Hier ist schon alles belegt“, erklärte Wim klar und deutlich. „Wir haben keinen Platz für euch.“

„Aber wir suchen schon so lange und konnten nirgends

eine Unterkunft finden. Und wir kommen von weit her und sind sehr müde."

„Es tut mir leid, aber wir haben keinen Platz für euch." Wims Miene war immer noch streng und abweisend.

„Bitte, guter Mann, helfen Sie uns doch! Meine Frau Maria ist hochschwanger und braucht unbedingt einen Ort zum Ausruhen. Wir geben uns auch mit der kleinsten Ecke zufrieden, die Sie haben. Sie werden uns doch nicht tatsächlich fortschicken, oder? Maria ist so müde!"

Mit einem Mal schaute der Wirt nicht mehr starr geradeaus, sondern blickte auf Maria herab. Seine Augen weiteten sich, und er schwieg so lange, dass die Zuschauer ein wenig unruhig wurden.

„Fort mit euch!", flüsterte der Souffleur hinter der Bühne.

Automatisch wiederholte Wim diese Worte: „Fort mit euch!"

Josef stützte seine Frau, die traurig ihren Kopf an seine Schulter legte. Dann wandten sie sich um und gingen langsam davon.

Anstatt sich nun ebenfalls umzudrehen und in seine Herberge zurückzukehren, blieb Wim jedoch im Türrahmen stehen und sah den beiden nach. Seine Stirn war vor Besorgnis gerunzelt und seine Augen füllten sich mit Tränen.

Dies war der Moment, in dem das Krippenspiel einen anderen Verlauf nahm als in den Jahren zuvor.

„He, Josef", rief Wim. „Bring Maria wieder zurück!"

Auf seinem Gesicht breitete sich ein strahlendes Lächeln aus. „Ihr könnt mein Zimmer haben!"

Manche Leute fanden, dass das Krippenspiel dadurch ruiniert worden sei. Aber es gab andere – viele, viele andere –, die es für das weihnachtlichste Krippenspiel hielten, das sie je gesehen hatten.

Dina Donohue

Wir sehnen uns danach,
dass wir in der Lage sind,
Jesus an Weihnachten
willkommen zu heißen –
aber nicht in einer
kalten Krippe,
sondern in einem Herzen
voller Liebe und Demut,
einem Herzen, das rein ist und
vor Nächstenliebe brennt.

Mutter Teresa

Die Weihnachtsstern-Flut

Es war im Monat Mai, als die erste Sendung Weihnachtsstern-Topfpflanzen in unserem Gewächshaus eintraf. Während ich dabei half, die Paletten zu entladen, fragte ich mich, ob ich etwa mehr bestellt hatte, als meine Kunden kaufen würden.

Nach einer Weile schob ich diesen Gedanken beiseite und beschloss, auf Gottes Führung zu vertrauen. Er hatte Margaret und mir geholfen, als wir mit leeren Händen dagestanden hatten. Zwar hatten wir einige Jahre harter Arbeit investieren müssen, doch inzwischen besaßen wir unseren eigenen Blumen-Großhandel. Meine Frau Margaret, unsere beiden Kinder und ich liebten es, mit Pflanzen zu arbeiten. Und die Pflanzen, die in der Weihnachtszeit verkauft wurden, insbesondere die Weihnachtssterne, machten uns am meisten Freude.

Weihnachtssterne sind sensible tropische Pflanzen, die sorgfältige Pflege brauchen. Am allerwichtigsten ist jedoch, die richtige Anzahl zu züchten, denn sie werden nur ein paar Wochen im Jahr nachgefragt. Hat man zu wenige Pflanzen gezogen, sind die Floristen enttäuscht, weil sie ihre Kunden nicht zufriedenstellen können. Bei zu vielen merkt man dann, dass man von Weihnachtssternen, so schön sie auch sind, nicht satt wird. Deshalb hing alles von unserer Intuition ab. Wir topften die zehn Zentimeter großen Jungpflanzen um, gossen sie regelmäßig und beobachteten, wie aus jeder von ihnen eine buschige Mutterpflanze wurde. Nach etwa einem Monat nahmen wir von sämtlichen Pflanzen Stecklinge ab. Wenn wir Glück hatten, würden sie Wurzeln fassen und sich zu weiteren Mutterpflanzen entwickeln. Während sich dieser Prozess wiederholte, bildeten die Weihnachtssterne einen grünen Teppich, der sich immer weiter in unseren Gewächshäusern ausbreitete.

Der Sommer ging in den Herbst über, und als die Novemberwolken vorüberzogen, wussten wir, dass wir nun endgültig kalkulieren mussten: Hatten wir genug Pflanzen für unsere Kunden? Eine innere Stimme sagte mir, dass wir mehr benötigen würden. Also bestellte ich bei einem Gärtner vor Ort tausend weitere. Seine Weihnachtssterne sahen so schön aus, dass ich nochmals tausend bestellte.

Einige Tage später rief mich derselbe Lieferant an und bot mir zu einem äußerst verlockenden Preis noch eine dritte Ladung an. Aus einem plötzlichen Impuls heraus sagte ich ihm, er solle sie herbringen. Wir mussten in unseren Gewächshäusern etwas umräumen, um genug Platz für die neuen Pflanzen zu schaffen.

Während ich das tat, kamen mir allmählich Bedenken: Eine Ladung von tausend Stück hätte sicherlich gereicht – die zweite Sendung zu ordern, war bereits sehr tollkühn gewesen. Doch die dritte konnte uns in den Ruin treiben!

Ich verdrängte meine Sorgen, indem ich mich durch Arbeit ablenkte. Wir mussten jetzt sehr sorgfältig vorgehen: Damit sich die Hochblätter der Pflanzen um die Weihnachtszeit optimal verfärbt haben würden, mussten wir darauf achten, dass sie weder zu wenig noch zu viel Licht bekamen.

Dann passierte es. Die Sonne wärmte meinen Nacken, als ich eines Morgens im Gewächshaus stand. Plötzlich hörte ich die Stimme meiner Frau.

„Chris!" Sie hatte einen merkwürdigen Ausdruck auf ihrem Gesicht. „Telefon."

Ich ging ins Büro und stellte fest, dass es sich bei dem Anrufer um eine große Gärtnerei im Süden des Landes handelte.

„Die Ladung Weihnachtssterne, die Sie bei uns bestellt haben, wird in wenigen Stunden bei Ihnen eintreffen. Ist jemand vor Ort, um die Ware in Empfang zu nehmen?"

Mir verschlug es vor Schreck erst einmal die Sprache. Dann fiel mir wieder ein, dass ich im vergangenen Frühjahr beschlossen hatte, diesem Lieferanten einen Probeauftrag zu erteilen. Dass ich telefonisch eine stattliche Anzahl von Weihnachtssternen bei ihm bestellt hatte, war mir in der Zwischenzeit völlig entfallen.

Auf meiner Stirn bildeten sich dicke Schweißtropfen. „Nein, bitte nicht!", hätte ich am liebsten geschrien. „Ich habe doch ohnehin schon viel zu viele Pflanzen!" Für einen Moment erwog ich, die Annahme der Sendung zu verweigern, denn schließlich hatte ich nirgendwo unterschrieben. Doch das wäre dieser Firma gegenüber nicht fair gewesen.

Der riesige Lastwagen passte kaum in unsere Einfahrt. Wir halfen beim Abladen, ich unterschrieb den Lieferschein und dann donnerte der Lkw wieder davon. Bedrückt starrten Margaret und ich auf diese Flut von Weihnachtssternen.

Was hatte ich nur getan? Ich wusste, dass irgendwo in der Bibel stand, dass man seine Versprechen halten muss, selbst wenn man sich dadurch ruiniert. Aber nun drohte meine Vergesslichkeit all die harte Arbeit der letzten Jahre zunichtezumachen. In mir stieg Panik auf.

Da streifte ein rot verfärbtes Blatt meine Hand, und mir fiel eine Legende ein, die ich einmal gehört hatte: Ein armer mexikanischer Junge ging zu einem Ort, an dem eine Krippe aufgebaut war. Er wollte dem Jesuskind ein Geschenk mitbringen, doch er besaß nichts außer einem hübschen Unkraut, das er im Wald gefunden hatte. Als er diese Pflanze ehrfürchtig vor die Krippe legte, nahmen die Hochblätter plötzlich ein flammendes Rot an und verwandelten so das unscheinbare Kraut in eine herrliche Zierpflanze.

Dies waren keine gewöhnlichen Pflanzen, sondern jede einzelne von ihnen sollte uns an die Geburt von Jesus Christus erinnern.

„Margaret“, sagte ich. „Wir müssen uns darum kümmern, dass diese Weihnachtssterne rechtzeitig blühen.“

Zwei Wochen vergingen, dann kam die Zeit, in der die Bestellungen der Blumenläden bei uns eintrafen. Zunächst waren es nur wenige. Joe, der immer sehr früh anrief, orderte wie gewöhnlich hundert Stück.

Als das Weihnachtsgeschäft schließlich in vollem Gange war, häuften sich die Aufträge. Joe benötigte weitere hundert Pflanzen, und auch viele andere Kunden hatten mehr verkauft, als sie ursprünglich gedacht hatten.

Es stellte sich heraus, dass in diesem Jahr die Nachfrage nach Weihnachtssternen ungewöhnlich hoch war.

An Heiligabend waren unsere Gewächshäuser leer. In wohliger Erschöpfung stapfte ich in unser Wohnzimmer und ließ mich in einen Sessel fallen. Ich blickte zu unserem Weihnachtsbaum hinauf und dankte Gott von ganzem Herzen für seine wunderbare Fürsorge.

Wie hieß es im Buch der Sprüche? „Der Mensch plant seinen Weg, aber der Herr lenkt seine Schritte" (Sprüche 16,9; Hfa).

Christian Dornbierer

Manches, was wir
an Weihnachten tun,
erinnert ein wenig an die
verschwenderische Schönheit,
mit der sich die Natur
im Juni schmückt.

Robert Collyer

Das Geschenk des Advents

An einem Nachmittag kurz vor Weihnachten beobachtete ich in einem überfüllten Laden eine gehetzt wirkende Verkäuferin. Plötzlich wandte sie sich mir in einem Anflug von Ärger zu und sagte: „Weihnachten! Wer braucht das eigentlich?"

„Ich", antwortete ich sanft. „Sie und ich – wir brauchen beide Weihnachten."

Sie stutzte, und dann schien sie für einige flüchtige Sekunden an das echte Weihnachten zu denken – an jenes, das mit dem Hochbetrieb in den Geschäften überhaupt nichts zu tun hatte. Ihre Gesichtszüge entspannten sich.

„Es ist schön, jemanden zu sehen, der in all diesem Trubel glücklich ist", meinte sie lächelnd.

Die Verkäuferin hatte recht: Ich war glücklich. Vermutlich lag es daran, dass ich einige Jahre zuvor gelernt hatte, mich innerlich ganz bewusst auf die Adventszeit einzustellen.

Damals war mein Sohn Toren noch klein gewesen. Da ich als Schauspielerin häufig unterwegs sein musste, versuchte ich, die Zeit, die ich mit meinem Sohn verbringen konnte, umso intensiver zu nutzen. Ich wollte ihm die Werte des christlichen Glaubens nahebringen, deshalb sollten an Weihnachten nicht die Geschenke oder der Weihnachtsmann im Vordergrund stehen, sondern die Erinnerung an die Geburt von Jesus.

Aber es war gar nicht so einfach, meinem Sohn diese Einstellung zu vermitteln: Die geradezu aggressive Fernsehwerbung und die rotnasigen Rentiere in den Schaufenstern bildeten eine harte Konkurrenz. Ich hatte Toren immer wieder von der Geburt Jesu erzählt. Doch wenn ich ihn fragte, was Weihnachten für ihn bedeutete, sagte er nur: „Weihnachtsmann!"

Dann machte mir eine Freundin eines Tages ein Geschenk, das die Weihnachtzeit in unserer Familie verändern sollte. Es war ein Adventskalender, etwas, das ich noch nie zuvor gesehen hatte. [In den USA sind Adventskalender nicht so bekannt wie bei uns. Anm. d. Übers.]

Jeden Abend beobachtete ich nun, wie Toren eines der Türchen öffnete und sich über den Anblick von Sternen, Hirten, Eseln, Josef und Maria und schließlich des Christkindes freute. Ich erzählte ihm etwas über die Bedeutung des jeweiligen Bildes; manchmal dachte ich mir sogar richtige Geschichten dazu aus. Toren war begeistert.

Unterdessen wurde ich selbst immer neugieriger: Worin bestand überhaupt die wahre Bedeutung von Advent? Ich wusste vage, dass es eine Zeit der Vorbereitung war und dass in der Adventszeit die letzten vier Sonntage vor Weihnachten enthalten waren.

Als ich etwas recherchierte, erfuhr ich, dass das Wort vom lateinischen *adventus* stammt und „Ankunft" bedeutet. Unter den ersten Christen war der Advent eine Zeit des Fastens und Betens und im Mittelalter entstanden während dieser Jahreszeit viele wunderschöne Rituale: Krippenspiele, Prozessionen und bildliche Darstellungen der Weihnachtsgeschichte.

Im folgenden Jahr bereitete ich mich schon Ende November darauf vor, gemeinsam mit meinem Sohn Advent zu feiern. Am Abend des ersten Adventssonntags machten wir das elektrische Licht aus, und Toren half mir, feierlich die erste rote Kerze an unserem Kranz zu entzünden.

„Denk daran, Toren", sagte ich. „Jahrhundertelang war die Welt in Dunkelheit, und dann brachte Gott ein neues, wunderschönes Licht in die Welt: seinen eigenen Sohn."

Toren begriff. „Das war das Baby Jesus", erklärte er in ehrfurchtsvollem Flüstern.

In den folgenden Wochen öffneten wir jeden Abend ein Türchen an unserem Adventskalender und ich erzählte Toren eine Geschichte dazu. Am zweiten Adventssonntag zündeten wir die zweite Kerze an, und ich sprach über die Bedeutung des Immergrüns: dass es ein Symbol für die Ewigkeit Gottes war und dass der Kreis des Kranzes Gottes allumfassende Liebe für uns symbolisierte.

Nach und nach gesellten sich auch einige von Torens Spielkameraden zu unserem abendlichen Ritual hinzu, und noch vor Weihnachten merkten wir, dass wir eine besondere Nachbarschaftstradition ins Leben gerufen hatten. Dieser Brauch dauert bis heute an, obwohl Toren inzwischen erwachsen ist und nicht mehr zu Hause wohnt.

An der Form unseres Adventfeierns hat sich über die Jahre nicht viel verändert. Ich habe mir eine größere Sammlung von Weihnachtsgeschichten zulegen müssen, und wir sind dazu übergegangen, am Ende des Abends ein Gebet zu sprechen. Als Schauspielerin überlege ich immer wieder, wie ich die Spannung der Geschichten erhöhen kann: Beispielsweise kann Glockengeläut dazu dienen, die Aufmerksamkeit der Kinder zu gewinnen und eine andächtige Stimmung zu erzeugen.

Es gibt heute nicht mehr so viele Kinder in unserer Nachbarschaft wie früher, und manchmal befinden sich mehr Erwachsene in meinem Wohnzimmer als Kinder. Doch die Weihnachtsgeschichte ist für jeden von Bedeutung, ganz gleich, wie alt man ist.

So versuchen wir also an jedem Abend im Advent, uns etwa fünfzehn Minuten lang auf die eigentliche Bedeutung von Weihnachten zu konzentrieren. Die Kinder lernen etwas Neues aus der Bibel, während die Erwachsenen - ich selbst eingeschlossen - ebenfalls enorm von dieser Zeit profitieren. Ich denke, es liegt dran, dass wir an den hektischsten Tagen des Jahres ein paar Minuten Ruhe haben, in denen wir uns dazu zwingen, still zu sein und uns der Gegenwart Gottes bewusst zu werden.

Diese innere Ruhe verfliegt nicht so schnell, sondern begleitet mich häufig noch den ganzen folgenden Tag. Und manchmal überträgt sie sich sogar auf andere - wie bei der Begegnung mit jener gestressten Verkäuferin, die plötzlich, wenn auch vielleicht nur ganz kurz, an das wahre Weihnachten dachte, das sich einst in der Stille der Nacht ereignet hat.

Mala Powers

Ich wünsche Ihnen
frohe Weihnachten!
Mögen Sie sich über Geschenke
freuen können, die die Zeit
überdauern und Sie mit Ihren Lieben
in der Ferne verbinden.
Möge Ihr Herz gefüllt sein
mit Heiterkeit, Liebe und
wahrer Freude.
Vor allem aber wünsche ich Ihnen,
dass Sie an diesem besonderen Fest
mit dem Geber aller guten Gaben
Gemeinschaft haben.

Bischof Remington

Die Bedeutung von Weihnachten entdecken

Es ist schon viele, viele Jahre her. Anfang Oktober kamen mit der Post die ersten Spielzeugkataloge, und ich begann zu fürchten, dass ich meinen Sohn Matthew an den Weihnachtskommerz verlieren würde.

Er war acht Jahre alt und sein Bruder Jonathan war gerade erst zwei geworden. Zwar interessierte sich auch der Kleine für die bunten Bilder in den Katalogen, aber meistens war es Matthi, der über ihnen brütete, laut träumte und seine Wünsche äußerte. Eine Seite nach der anderen umzublättern und die Dinge zu umranden, die er sich wünschte, schien den Großteil seiner Zeit einzunehmen.

Seit meiner Scheidung hatte ich versucht, die Vorweihnachtszeit so ähnlich wie in der Vergangenheit zu gestalten: voller Hoffnung, Staunen und Erwartung. Doch je näher die Festtage rückten, desto deutlicher wurde mir bewusst, dass dieses Weihnachten wohl kaum meinen Vorstellungen entsprechen würde. Die äußeren Anzeichen stimmten zwar – wir hatten den Baum früh aufgestellt und es hing auch ein Kranz an der Tür –, aber Matthi schien durch die Kataloge wie hypnotisiert zu sein.

Jeden Nachmittag breitete er sie auf dem Küchentisch aus und begann mit derselben Leier: „Ich will ... Ich will ..."

Es war wie der Refrain eines Liedes, der sich unzählige Male wiederholte und mit der Zeit immer eindringlicher klang.

Zunächst versuchte ich, seinen Forderungen nicht allzu viel Aufmerksamkeit zu schenken. Doch eines Nachmittags ärgerte ich mich heftig darüber, dass er so sehr auf materielle Dinge fixiert war. Was für ein Kind zog ich hier groß? War Matthi so in seinen eigenen Wünschen gefangen, dass er die eigentliche Bedeutung von Weihnachten gar nicht begriff?

Am nächsten Tag durchforstete ich unser Bücherregal und zog ein Weihnachtsbuch für Kinder heraus. Kaum hatte Matthi seine Hausaufgaben gemacht, setzte ich mich mit meinen beiden Söhnen aufs Sofa und las ihnen etwas über den wichtigsten Geburtstag in der Menschheitsgeschichte vor.

Als wir mit der Geschichte fertig waren, klappte ich das Buch zu und war zufrieden, dass ich Matthew daran erinnert hatte, worin die wahre Bedeutung von Weihnachten lag: in der Krippe von Bethlehem und nicht in beweglichen Actionfiguren oder Computerspielen.

Am folgenden Nachmittag studierte er erneut seine Kataloge.

Da verlor ich die Beherrschung: „Matthi, haben wir uns nicht gestern zusammengesetzt und alles über das Baby Jesus nachgelesen? Weißt du nicht mehr, dass er lediglich eine hölzerne Krippe voller Heu hatte, um darauf zu schlafen? Du bist alt genug, um zu begreifen, dass es bei Weihnachten nicht um den Weihnachtsmann oder um neues Spielzeug geht. Und jetzt geh nach oben und räum dein Zimmer auf!“

An den letzten Tagen vor Weihnachten wurde ich immer deprimierter. Alles, was ich Matthi zu vermitteln versucht hatte, schien überhaupt keinen Eindruck auf ihn zu machen. Meinem Kind, das jeden Sonntag zum Kindergottesdienst ging, waren die Dinge gleichgültig, die an Weihnachten Priorität haben sollten.

Am Nachmittag des Heiligabends kam mein Ex-Mann voll beladen mit Geschenken an. Wir hatten abgemacht, Heiligabend um der Kinder willen zusammen zu verbringen. Allerdings sollte dieser Besuch kürzer als erwartet ausfallen, denn sobald mein Ex-Mann auf der Schwelle stand, verkündete er: „Es gibt eine Schneesturmwarnung und auf der Autobahn ist es teilweise schon ganz glatt. Es tut mir wirklich leid, aber bei diesem Wetter werde ich für die achtzig Kilometer lange Rückfahrt sehr lange brauchen."

Die Jungen gaben sich mit der kurzen Zeit zufrieden, die ihr Vater bei ihnen sein konnte. Nachdem er wieder gegangen war, zogen wir uns für den Heiligabend-Gottesdienst um. Ich überlegte, wer mit uns den Abend verbringen könnte, jetzt, wo sich unsere Pläne geändert hatten. Doch anstatt einige Bekannte anzurufen, legte ich das Telefon wieder hin, ohne eine Nummer zu wählen. *Sei nicht dumm, jeder hat schon längst Pläne für Heiligabend,* sagte ich zu mir selbst. *Wir werden ihn einfach zu dritt verbringen.*

Während des Gottesdienstes schlief Jonathan auf meinem Schoß ein und Matthi rutschte unruhig auf seinem Sitz herum. Danach gingen wir zur Krippe mit den lebensgroßen Figuren und dem duftenden Heu. Als ich davorstand, den schläfrigen Jonathan im Arm, hörte ich Menschen mit fröhlichen Stimmen einander grüßen. Manche von ihnen kannte ich, aber in diesem Moment fühlte ich mich meilenweit von ihnen entfernt. Ich starrte auf die Gesichter von Maria, Josef und dem Jesuskind und dachte: *Dies sind die Festtage der Heiligen Familie ... Sind wir denn für sie auch zu Fremden geworden?*

Auf dem Parkplatz verwandelte sich der Nieselregen in Schnee. Jonathan war inzwischen wieder aufgewacht und durch das ungewohnte Einschlafen schlecht gelaunt. Er saß jammernd im Auto, und Matthi versuchte, ihn zu beruhigen, indem er ihm erzählte, dass nun bald der Weihnachtsmann die Geschenke bringen würde.

Ich hatte das Gefühl, wenn ich noch ein einziges Mal das Wort „Weihnachtsmann" hören würde, müsste ich laut schreien. Mir kamen beinahe die Tränen, während ich dastand und den matschigen Schnee von der Windschutzscheibe wischte. Doch ich schaffte es, sie zu unterdrücken, denn an Heiligabend wollte ich nicht weinen.

Zu Hause machte ich die Jungen fürs Bett fertig, und dann kletterten sie auf meinen Schoß, damit ich ihnen vor dem Einschlafen noch etwas vorlas. [In den USA gibt es die Geschenke erst am ersten Weihnachtstag. Anm. d. Übers.] Nachdem ich Jonathan in sein Gitterbettchen gelegt hatte, stellte ich fest, dass Matthi schon in sein Bett geschlüpft war. Ich gab ihm einen Kuss. „Versuch nun zu schlafen." Er schloss fest die Augen und ich schaltete das Licht aus.

Unten machte ich mir eine Kanne Tee und setzte mich vor den Kamin, auf dessen Sims die Krippe fehlte. Aus irgendeinem Grund hatte ich es noch nicht geschafft, sie dort aufzubauen. Ich sah mich im Zimmer um und versuchte, irgendetwas zu finden, was mich in Weihnachtsstimmung bringen würde. Meine Augen ruhten auf dem beleuchteten Baum, dann auf dem Schnee, der draußen vor dem Fenster eine Weihnachtslandschaft wie aus dem Bilderbuch schuf. Doch alles wirkte so kalt und leblos. Ich war einsam.

Der Tee wurde kalt. Ich stand gerade auf, um das Tablett in die Küche zu bringen und die Geschenke aus ihrem Versteck hervorzuholen, als ich eine Stimme hörte: „Mama?"

Vor lauter Schreck hätte ich fast meine Tasse fallen lassen.

„Ich kann nicht schlafen, Mama."

„Matthi, du musst zurück ins Bett."

„Mama!"

„Ja, was ist?", fragte ich.

„Ich weiß, dass es keinen Weihnachtsmann gibt. Ich weiß, dass *du* der Weihnachtsmann bist." Er hüpfte die letzten beiden Treppenstufen hinab, zog mich wieder auf den Sessel hinunter und kletterte auf meinen Schoß. Ich legte meine Arme um ihn.

„Wie kommst du darauf?"

„Ach, ich habe einige von den älteren Kindern darüber reden hören. Eigentlich hatte ich mir das längst gedacht, ich war mir nur nicht ganz sicher. Aber weil ich nicht wusste, ob ich es dir sagen sollte, habe ich wie immer so getan, als würde ich an den Weihnachtsmann glauben."

Plötzlich hatte mein kleiner Achtjähriger eine wichtige Etappe seiner Kindheit hinter sich gelassen!

„Sollen wir ein paar Marshmallows rösten? Hast du Lust?", fragte ich ihn etwas abrupt.

Er nickte. „Natürlich. Aber vorher müssen wir noch etwas anderes erledigen“, erklärte er und stieg von meinem Schoß. „Darf ich dir dabei helfen, Weihnachten für Jonathan vorzubereiten?“

„Gerne“, antwortete ich.

„Prima!“, sagte Matthi und übernahm schon das Kommando. „Komm, lass uns die Krippe für den Kaminsims holen. Jonathan muss doch merken, dass Jesus das Allerwichtigste an Weihnachten ist.“

Jetzt spürte ich endlich, dass Weihnachten war. Und ich hatte mir solche Sorgen wegen all der Spielzeugkataloge gemacht! Wie gut es sich auf einmal anfühlte, Mutter zu sein. Zu wissen, dass all die Versuche, die ich unternommen hatte, um den Jungen die wahre Bedeutung von Weihnachten nahezubringen, nicht umsonst gewesen waren.

Gemeinsam mit meinem Sohn marschierte ich in die Garage und holte die Krippe aus ihrer Kiste. Währenddessen erklangen die Glocken der nahe gelegenen Kirche und erzählten vom Wunder der Heiligen Nacht.

Jacqueline Z. Werth

Gott möge Ihnen den Glauben
schenken, der das wahre
Weihnachtslicht ist;
die Liebe, die die Wärme
von Weihnachten ausmacht;
die Reinheit, die unsere Augen
zum Strahlen bringt;
die Wahrhaftigkeit, die auf seiner
Gerechtigkeit beruht;
das Vertrauen auf seine Wahrheit
und die Erkenntnis, dass der
menschgewordene Gott
alles nur erdenklich Gute
und Schöne in sich vereint.

Wilda English

Der Engel am Teich

Ich bin Berufstaucher, und in jenem Jahr war ich kurz vor Weihnachten an einem Ort beschäftigt, wo eine große Brücke errichtet wurde. Nach einiger Zeit schneite es allerdings so heftig, dass wir die Arbeit auf der Baustelle abbrechen mussten.

Als ich gemeinsam mit meinem Kollegen Rick durch die Schneeverwehungen des Parkplatzes stapfte, bemerkte ich, dass das Auto meines Chefs keine Winterreifen hatte.

„Hey, John“, sagte ich, „ich kann dich gerne nach Hause fahren. Mit diesen Reifen würdest du nämlich nicht weit kommen.“

Mein Chef überlegte einen Moment und nickte dann. „Okay, vielleicht hast du recht.“ Er ging auf meinen Pick-up zu, hielt gleich darauf jedoch an und wandte sich wieder in Richtung seines Autos. „Fast hätte ich es vergessen“, meinte er, wobei er in seinen Kofferraum griff. „Hier ist dein Ersatz-Neoprenanzug, den ich letzten Monat von dir ausgeliehen hatte. Ich habe endlich daran gedacht, ihn wieder mitzubringen.“

Normalerweise hätte ich den Anzug in unserem Bauwagen deponiert, aber da er einige kleine Löcher hatte, beschloss ich, ihn zum Flicken mit nach Hause zu nehmen, und warf ihn hinten auf meinen Pick-up. Es war das erste

Mal in den zehn Jahren, die ich bereits als Berufstaucher arbeitete, dass ich einen dieser Schutzanzüge im Auto dabeihatte. Sie waren sonst immer am Einsatzort gelagert.

John, Rick und ich stiegen in meinen Pick-up und wir machten uns auf den Weg. Aufgrund des Wetters herrschte überall Stop-and-go-Verkehr, sodass wir für die Strecke, die wir normalerweise in einer Stunde zurückgelegt hätten, nun über drei Stunden benötigten. Wir vertrieben uns die Zeit damit, über Weihnachten zu reden und über das Spielzeug, das wir unseren Kindern kaufen wollten.

Als wir endlich die Abzweigung erreicht hatten, die zu Johns Wohnviertel führte, war es bereits drei Uhr nachmittags. Wir bogen gerade in seine Straße ein, da donnerte ein Feuerwehrauto an uns vorbei und hielt am Ende des Blocks. Dort schien irgendetwas passiert zu sein.

„Oh nein!", rief John entsetzt. Der Anblick, der sich uns beim Näherkommen bot, war tatsächlich besorgniserregend: ein zugefrorener Teich mit einem unheilvollen schwarzen Loch in der Mitte. Am Ufer hatten sich einige Leute angesammelt, eine Frau schrie und weinte.

„Jemand muss auf dem Eis eingebrochen sein", sagte Rick.

Ich stellte schnell den Motor ab, sprang aus dem Wagen, griff nach dem Neoprenanzug auf der Ladefläche, zog ihn über und rannte zum Teich. Rick lief hinter mir her und zog mir den Reißverschluss hoch.

Ein Feuerwehrmann erklärte, dass ein sechsjähriger Junge auf das Eis gegangen und eingebrochen sei. „Aber es ist hoffnungslos", meinte er bedrückt. „Das Eis ist zu dünn, als dass wir bis zu dieser Stelle gelangen könnten."

Zwei Männer hatten es bereits vergeblich versucht. Und das Wasser war so kalt, dass man innerhalb von Minuten das Bewusstsein verlieren würde, wenn man hineinstürzte.

„Ich werde es versuchen", sagte ich. Jemand band ein Seil um meine Hüfte und schon war ich unterwegs. Das Eis krachte und splitterte, während ich mir einen Weg zu der Unglücksstelle bahnte. Als ich das Loch erreichte, in dem der Junge verschwunden war, bluteten meine Hände von den scharfen Kanten der Eisschollen.

Das eisige Wasser drang durch die Löcher meines Neoprenanzugs, und ich wusste, dass mir für diesen Tauchgang nur ein oder zwei Minuten zur Verfügung stehen würden. Dann merkte ich, dass ich meinen schweren Gürtel an der Baustelle zurückgelassen hatte. Ohne dass mich dieses Gewicht nach unten zog, würde es schwierig sein, bis auf den Grund des Teichs zu gelangen. Doch ich musste es unbedingt schaffen.

Alles, was ich tun konnte, war, meinen Körper hinunter in das pechschwarze Wasser zu zwingen. In etwa 1,80 Meter Tiefe berührte ich den Grund, um dann wieder nach oben zu schießen wie eine Rakete. Gleich darauf tauchte ich wieder hinab, und dies wiederholte sich mehrmals, während ich fieberhaft nach einem Körper tastete.

Aber da war nichts. Nur eiskaltes Wasser und ein schlammiger Teichgrund. Wo war der Junge?

Keuchend und hustend schrie ich schließlich: „Ich kann ihn nicht finden. Wo ist er bloß?"

Auf der anderen Seite des Teichs sah ich einen großen blonden Mann in einer hellen Jacke allein im Schnee stehen. Er streckte seinen Arm aus und zeigte auf eine bestimmte Stelle am Rande der Öffnung.

Eilig machte ich ein paar Schwimmbewegungen dorthin und tauchte erneut nach unten. Das eisige Wasser schlug über meinem Kopf zusammen, doch dann stieß mein Fuß gegen etwas. Der Körper des Jungen!

Ich tauchte wieder auf, holte Luft, und nahm noch einmal all meine Kraft zusammen, um den schlaffen Körper nach oben zu befördern. Auf dem Rücken schwimmend, zerrte ich ihn dann auf meine Brust und hielt ihn fest umklammert.

Die blaue Jacke klebte an dem Körper wie eine zweite Haut. Als ich dem Jungen die Kapuze vom Gesicht zog, schrie ich entsetzt auf, denn das Gesicht war ebenso blau wie die Jacke. Und das Kind atmete nicht.

„Zieht mich zurück!", rief ich den Leuten am Ufer zu. Das Seil spannte sich fest um mich, als die Feuerwehrleute gehorchten und uns zum Ufer beförderten. John sprang ins Wasser, nahm den leblosen Körper und reichte ihn den wartenden Sanitätern.

Ich watete an Land, löste das Seil und wollte ihnen nachgehen, doch zwei Polizisten hinderten mich daran. „Kommen Sie", drängte einer von ihnen, „setzen Sie sich in unseren Streifenwagen, um sich aufzuwärmen."

„Aber der Junge ...!", protestierte ich. Inzwischen hatten sich jedoch bereits die Türen des Krankenwagens geschlossen und das Fahrzeug brauste mit heulender Sirene davon. Voller Verzweiflung blieb ich stehen und starrte dem Wagen hinterher. Wenn ich das Kind nur hätte retten können!

John nahm mich mit in sein Haus, wo ich mich noch etwas aufwärmte, bevor Rick und ich schließlich zu mir nach Hause fuhren.

Als wir dort ankamen, bereitete meine Frau Patricia gerade das Abendessen vor. Ich küsste sie nicht zur Begrüßung, sondern wankte nur zum Sofa und ließ mich schluchzend darauf fallen. Alles war vergeblich gewesen!

Fragend schaute Patricia meinen Kollegen an.

„Nelson hat einen kleinen Jungen aus einem Teich gezogen", erklärte er.

Patricia hatte mein Lieblingsessen gekocht, Bœuf Stroganoff, aber ich konnte es nicht anrühren. Ich saß nur da und dachte unablässig an diesen armen kleinen Kerl. Wie furchtbar musste seinen Eltern jetzt zumute sein!

Als Patricia bei dem Krankenhaus anrief, zu dem man ihn gebracht hatte, erfuhr sie, dass der kleine Michael P. etwa zehn Minuten unter Wasser gewesen war. Er war bewusstlos und schwebte in Lebensgefahr. Ein Priester hatte ihm bereits die Letzte Ölung erteilt, aber er lebte noch.

Was für ein Weihnachten!, dachte ich und starrte auf die hellen Lichter unseres Weihnachtsbaumes. Darunter war der Stall von Bethlehem aufgebaut. Die Futterkrippe war leer, weil es bei uns Sitte war, das Jesuskind erst an Heiligabend dort hineinzulegen. Ich fühlte mich noch schrecklicher, als ich an das echte kleine Bettchen dachte, das heute Nacht leer bleiben würde.

Traurig sah ich mich im Zimmer um. Auf dem Fernseher standen zwei weiße Engel, die Patricia in diesem Jahr für uns gebastelt hatte. Der eine hielt ein Band voller Sterne in den Händen, der andere spielte Harfe.

Wie albern mir das jetzt alles erschien. Engel! Als ich noch ein Kind gewesen war, hatte mir meine portugiesische Großmutter von den Engeln erzählt, die den Hirten in jener Nacht die Geburt von Jesus verkündet hatten. Aber an diesem Abend schienen mir weder Engel noch Jesus selbst sehr real zu sein.

Mein Herz trauerte allerdings so sehr um den kleinen Jungen, dass ich das Einzige tat, was ich noch für ihn tun konnte: Ich betete für ihn. Ich bat Gott, ihn am Leben zu erhalten.

Die Stunden vergingen, während ich so dasaß und niedergeschlagen ins Leere starrte. Schließlich brachte Patricia unsere beiden kleinen Töchter ins Bett, und Rick versuchte, mir Mut zu machen. „Er lebt immerhin noch, weißt du", sagte er. „Es gibt also noch Hoffnung. Du solltest einfach dankbar sein, dass du instinktiv wusstest, wo er sich befunden hat."

Erstaunt blickte ich ihn an. „Ich wusste nicht, wo er war, Rick", erklärte ich. „Es war der große blonde Mann, der genau auf diese Stelle gezeigt hat. Wenn er nicht da gewesen wäre, hätte ich den Jungen nie gefunden."

Nun zeichnete sich auf dem Gesicht meines Kollegen Verblüffung ab. „Das ist wirklich merkwürdig, Nelson. Du hast schon auf der Heimfahrt diesen Mann mit der hellen Jacke erwähnt, aber" – er kratzte sich am Kopf – „es stand niemand auf der anderen Seite!"

Gegen neun Uhr klingelte das Telefon. Patricia nahm den Anruf entgegen und reichte das Telefon gleich an mich weiter. „Es ist der Vater des kleinen Michael. Er will sich bei dir bedanken."

Mit zitternden Fingern nahm ich das Telefon. „Sie brauchen sich nicht zu bedanken“, stieß ich hervor. „Ich will nur wissen, wie es Ihrem Jungen geht.“

Daraufhin berichtete mir Stan P., dass Michaels Lage immer noch sehr ernst sei, es aber den Anschein habe, als würde er durchkommen. Ich seufzte vor Erleichterung und dankte Gott im Stillen dafür, dass er das Leben des Jungen gerettet hatte. Danach konnte ich ins Bett gehen und schlafen.

In den folgenden Tagen erkundigten wir uns immer wieder nach Michaels Befinden, doch es gab leider noch keine guten Nachrichten. Man hatte der Familie gesagt, dass Michael eventuell schwere Hirnschäden davontragen würde, da Herz- und Lungenfunktion für eine verhältnismäßig lange Zeit unterbrochen worden waren. Die Ergebnisse des EEGs waren nicht eindeutig, und die Ärzte meinten, erst wenn Michael wieder bei Bewusstsein wäre, könne man sagen, wie groß das Ausmaß der Schäden sei.

Wir erfuhren, dass seine Eltern ins Krankenhaus gezogen waren, um rund um die Uhr bei ihm sein zu können. Menschen von überallher schickten ermutigende Nachrichten und versicherten, dass sie für ihn beteten. Ich hatte gar nicht gewusst, dass es in unserem Umkreis so viele tiefgläubige Menschen gab.

„Sie müssen sich darüber im Klaren sein“, sagte ein Arzt zu Michaels Mutter, „dass das Kind, das Sie kennen, womöglich gar nicht mehr existiert.“

Am dritten Tag, einem Freitag, wurde die künstliche Beatmung eingestellt. Stan und Eileen P. wachten weiterhin geduldig am Bett ihres Sohnes.

Plötzlich rührte sich Michael. Dann öffnete er seine Augen und drehte sich langsam in ihre Richtung. „Hallo, Mama, hallo, Papa“, flüsterte er.

Am darauffolgenden Montag – es war der Nachmittag des Heiligabends – klingelte bei uns das Telefon.

„Michael ist wieder zu Hause!“, rief meine Frau.

Stan hatte angerufen, um uns mitzuteilen, dass Michael wieder völlig gesund war. Sämtliche Tests besagten, dass er keinerlei Schäden zurückbehalten hatte und das Krankenhaus verlassen könne. Nun luden uns die überglücklichen Eltern in ihr Haus ein, um mit ihnen zu feiern. So schnell wie möglich packten Patricia und ich unsere beiden kleinen Mädchen ins Auto und fuhren zu ihnen.

Michael hatte einen Schlafanzug an und saß auf dem Wohnzimmersofa, als wir hereinkamen. „Weißt du, wer ich bin?“, fragte ich.

Für den Rest des Abends wich er mir nicht mehr von der Seite. Als wir uns miteinander unterhielten, erwähnte er, dass das Erste, was er beim Öffnen der Augen im Krankenhaus gesehen hatte, ein Engel gewesen war.

„Ein Engel?“, sagte ich überrascht.

Ja, offenbar hatte ein großer Engel aus Papier über Michaels Bett gehangen – ein Teil der Weihnachtsdekoration des Krankenhauses.

Wieder Engel. Erneut dachte ich an die Engel, von denen mir meine Großmutter erzählt hatte. Sie hatten die Hirten auf den Feldern von Bethlehem auf das kleine Kind aufmerksam gemacht, das in einer Krippe schlief. Heute Abend würden meine beiden Töchter die Jesuskind-Figur in unsere eigene Krippe legen.

Tief ergriffen betrachtete ich Michael und dankte dem Einen, der uns seinen Sohn gesandt hatte ... und der es auf wundersame Weise ermöglicht hatte, dass ein ganz bestimmtes Bettchen heute Nacht nicht leer bleiben würde.

Das Bild von einem großen blonden Mann, der mir am Teich die richtige Stelle zeigte, vergaß ich niemals. Wer war er nur? In all den Wochen und Monaten, die folgten, konnte ich niemanden ausfindig machen, der ihn ebenfalls gesehen hatte. Darum blieb mir nichts anderes übrig, als über Gottes unermessliche Liebe zu staunen.

Nelson Sousa

Gottes Engel weichen nie,
sie sind bei mir allerenden.
Wenn ich schlafe, wachen sie.
Wenn ich gehe, wenn ich stehe,
tragen sie mich auf den Händen.

Aus der Kantate 149
von Johann Sebastian Bach

Der Strumpf

Aus dem Esszimmer ertönte ein Schrei. Ich steckte meinen Kopf aus der Küche, wo ich gerade das Geschirr abtrocknete: Der Tisch war übersät mit Geschenkpapier, Kartons, Bändern, Schleifen, Scheren, Filz, Garn und Knöpfen. Halb über die Nähmaschine drapiert, lag ein roter Filzstrumpf. Es sah so aus, als hätte meine Frau Katy ihn gerade verzweifelt dorthin geworfen. „Er ist ruiniert!", jammerte sie.

„Wieso denn?", fragte ich.

„Schau doch mal genau hin!" Sie schnippte mit dem Finger gegen den Strumpf. „Auf der Rückseite sind lauter Mottenlöcher. Wie konnte ich das nur übersehen? Jetzt wird Franca keinen Strumpf bekommen!"

Katy war schon seit Wochen mit den Vorbereitungen für Weihnachten beschäftigt. „Als mein Bruder, meine Schwester und ich noch klein waren, hatten wir alle einen selbst gemachten Weihnachtsstrumpf", erklärte sie. „Deshalb muss ich auch für Franca einen nähen." Franca war unsere einjährige Tochter, die gerade in ihrem Gitterbettchen schlief.

Dass es in dieser Jahreszeit für meine Frau, die Pfarrerin war, ohnehin am meisten zu tun gab, schien keine Rolle zu spielen. Auch dass sie durch die ganze Stadt hatte pilgern müssen, um endlich in einem winzigen Bastelgeschäft die richtigen Materialien zu finden, kümmerte sie nicht. Und es war ihr offenbar ebenfalls gleichgültig, dass ich erklärt hatte, Franca sei noch viel zu klein, um sich über einen Weihnachtsstrumpf zu freuen. Zudem hatte ich ausdrücklich gesagt, dass ich mir ein ruhiges, stressfreies Fest wünschte.

„Du könntest mich wirklich mehr unterstützen", war ihre Antwort gewesen.

Es waren nur noch wenige Tage bis Heiligabend. Bald würden meine Mutter, ihr Freund und mein Bruder zu uns kommen. Katy musste noch eine Predigt vorbereiten und Geschenke einpacken. Und dann war da dieser Strumpf ...

Entmutigt hob Katy ihn auf und ließ ihre Finger über die Löcher gleiten. „Der Filz muss alt gewesen sein", klagte sie. Sie hatte den oberen Rand bereits mit einem hübschen Band verziert. Auf dem Tisch lagen einige Knöpfe, die wie Blumen geformt waren, sowie eine Rolle Goldfaden, um damit Francas Namen auf den Filz zu sticken.

„Ich weiß nicht, ob ich genug Zeit habe, um noch mal von vorn anzufangen." Katy sah mich an. „Aber Franca braucht unbedingt einen Strumpf!"

„Ach, komm", erwiderte ich. „Das ist doch wirklich nicht so wichtig!"

Ihr Gesicht verhärtete sich. „Jim, ich will jetzt keine Predigt darüber hören, was an Weihnachten Priorität haben sollte. Wenn du mir nicht helfen willst, dann mache ich es eben alleine."

Damit wandte sie sich wieder ihrem Nähprojekt zu. Ich zog mich in die Küche zurück, wo ebenfalls Weihnachtsvorbereitungen im Gange waren: Der Kurzzeitwecker tickte, weil Katy nebenher Plätzchen backte. Die erste Ladung war schon fertig und wartete auf einem Kuchengitter darauf, in Geschenktütchen gepackt zu werden. Überall war Puderzucker verteilt; ich sah fertige Weihnachtsgeschenke für Leute, die ich gar nicht kannte. Da piepste der Timer.

„Kannst du die Plätzchen rausholen?", rief Katy. Gehorsam legte ich das Handtuch zur Seite. *Dabei mag ich gar keine Plätzchen,* dachte ich im Stillen.

Dies war nicht das erste Mal, dass Katy und ich Meinungsverschiedenheiten bezüglich Weihnachten hatten. Ich erinnerte mich daran, wie ich vor unserer Hochzeit einmal im Brustton der Überzeugung zu Katys Mitbewohnerin gesagt hatte, ich könne nicht verstehen, dass ein Paar sich über solche Dinge in die Haare geriet. „Was gibt es denn da zu streiten? Schließlich handelt es sich doch nur um ein paar Tage im Jahr!"

Doch es hatte nicht lange gedauert, bis ich tatsächlich gegen manches protestierte: Warum wollte Katy unbedingt einen Weihnachtsbaum haben, wenn wir an den Feiertagen noch nicht einmal zu Hause sein würden? Wir würden die Weihnachtsferien an der Westküste mit der Familie verbringen. Und war sie nicht auch der Ansicht, dass der eine oder andere Christbaumschmuck etwas kitschig war?

Als ich eines Tages von der Arbeit nach Hause kam, drang die Stimme von Bing Crosby aus den Lautsprechern unserer Stereoanlage und diese Musik entspricht nun wirklich nicht meinem Geschmack! Dazu dieses dauernde Plätzchenbacken für sämtliche Leute in der Gemeinde – was für ein Aufwand! Stundenlang mussten Geschenke eingepackt und Weihnachtsgottesdienste vorbereitet werden, sodass ich schließlich das Gefühl hatte, in eine gnadenlose Weihnachtsmaschinerie geraten zu sein.

Aus irgendeinem Grund hegte ich in Bezug auf Weihnachten zwiespältige Gefühle, obwohl ich in meiner Kindheit viele schöne Feste verlebt hatte. Ich erinnerte mich noch gut daran, wie mein Bruder und ich im Haus meiner Großmutter spätabends wach im Bett gelegen und angestrengt gelauscht hatten, ob endlich der Weihnachtsmann kommen würde. Wir hatten darum gewetteifert, wer den schönsten Engel an den Weihnachtsbaum hängen durfte. Wie aufregend war es gewesen, als wir an Heiligabend das erste Geschenk öffnen durften! Und es gab Roastbeef und leckeren Kuchen ...

Als Erwachsener war ich jedoch irgendwann zu der Überzeugung gelangt, dass ich mit dem ganzen Rummel um Weihnachten nicht viel anfangen konnte. Die Adventszeit bedeutete mir sehr viel und ich mochte den Heiligabend-Gottesdienst mit all den Kerzen und feierlichen Weihnachtsliedern.

Ich fand es richtig, sich Zeit zu nehmen, um an den Moment vor zweitausend Jahren zu denken, in dem sich die ganze Menschheitsgeschichte komplett verändert hat. Wenn ich die etwas mitgenommene Krippe in unserer Kirche betrachtete, war ich jedes Mal tief ergriffen. Ist es nicht einfach ungeheuerlich, dass Gott diesen merkwürdigen Weg gewählt hat, um uns Menschen zu erlösen? Dass er um unseretwillen zu einem hilflosen Baby wurde?

Auf den Rest von Weihnachten konnte ich jedoch gut und gerne verzichten. Das Austauschen von Weihnachtsgeschenken fühlte sich für mich so an, als würde der Konsum Amok laufen. Die Fröhlichkeit wirkte aufgesetzt, und ich begriff nicht, wieso gestresste Erwachsene mit ihren quengelnden Kindern durchs halbe Land fahren müssen, um ausgerechnet um diese Jahreszeit Verwandte zu besuchen. Was hatte all dies mit der eigentlichen Bedeutung von Weihnachten zu tun?

Ich nahm die Plätzchen aus dem Ofen und legte sie auf das Kuchengitter. Warum war dieser Strumpf so wichtig für Katy? Und warum hatten wir uns dieses Jahr noch häufiger gestritten als sonst? Immerhin hatte ich mich inzwischen mit dem kitschigen Christbaumschmuck abgefunden. Und wir hatten sogar das Bing-Crosby-Problem gelöst: Katy hörte diese Musik jetzt nur noch, wenn ich nicht in der Nähe war.

Doch seit der Geburt unserer kleinen Tochter hatten die Spannungen aus irgendeinem Grund wieder zugenommen. Nachdenklich trocknete ich den letzten Teller ab und beschloss, Katy in Ruhe zu lassen. Wenn sie wollte, dass der Weihnachtsrummel sie in den Wahnsinn trieb, war das ihre Sache.

Einige Zeit später standen wir beide im Bad und putzten uns schweigend die Zähne. Ich ging noch rasch ins Wohnzimmer und betrachtete unsere Weihnachtsstrümpfe, die wie jedes Jahr am Kamin hingen – sanft bestrahlt von den Weihnachtsbaumlichtern. Katys Strumpf war recht hübsch, das musste ich zugeben: Er hatte ein kleines Glöckchen am großen Zeh und der Name KATY prangte in bunten Filzbuchstaben darauf. Unwillkürlich stellte ich mir vor, wie Katy ihn als kleines Kind in den Händen gehalten hatte. Wann würde unsere Tochter sich wohl über ihren ersten Weihnachtsstrumpf freuen?

Als wir zu Bett gegangen waren, lag Katy still da, die Hände über der Brust gefaltet. „Es hat keinen Zweck – ich werde dieses Jahr keinen Strumpf für Franca haben“, sagte sie schließlich leise. „Ich müsste noch einmal ganz von vorne anfangen, und diese Zeit habe ich einfach nicht. Ich muss noch eine Predigt schreiben und all die Plätzchen verpacken.“

Während ich noch überlegte, wie ich „Das habe ich dir doch gleich gesagt“ etwas einfühlsamer ausdrücken konnte, entdeckte ich die Tränen, die über ihr Gesicht liefen. Ich nahm ihre Hand. „Katy, was ist denn los?“

Sie antwortete nicht.

„Komm schon, was ist denn los mit dir? Sag es mir!“

Nach wenigen Augenblicken brach alles aus ihr heraus. „Ich bin eine schlechte Mutter und Franca wird ein furchtbares Weihnachten haben. Ich weiß, du sagst, sie bekommt das noch nicht mit, aber *ich* werde es spüren. Meine Mutter hat immer so viele tolle Dinge für uns an Weihnachten gemacht. Sie und Papa haben unsere kleine Krippe aufgestellt. Erst ganz spät an Heiligabend haben sie das Jesuskind hineingelegt, sodass ich immer gedacht habe, es sei durch ein Wunder da hineingekommen. Wir wohnen so weit weg von meinen Eltern, und du machst dir noch nicht mal was aus Weihnachten. Wie soll ich es schaffen, dass Franca später einmal genauso schöne Kindheitserinnerungen hat wie ich? Wenn ich eine bessere Mutter wäre, würde ich es sicherlich fertigbringen, aber ich bin einfach total überfordert.“

Sie rieb sich die Augen und all meine Kritik löste sich plötzlich in Luft auf. Ich streckte meine Arme aus und zog sie an mich. „Sag das nicht“, widersprach ich. „Du bist eine großartige Mutter.“

Lange Zeit lagen wir so da. Ich dachte an den chaotischen Esszimmertisch, die Zuckerplätzchen, die Geschenke. Und an den Weihnachtsstrumpf. Wie hatte ich je dagegen sein können, Franca einen Schatz an wunderbaren Weihnachtserinnerungen zu bescheren – ganz gleich, wie alt sie war?

Dies war kein überflüssiges Ritual, sondern der Ausdruck einer besonderen Liebe, die in Gottes großem Geheimnis wurzelte. Außerdem waren Katy diese Dinge wichtig und Katy war mir wichtig. Ich drückte sie ganz fest an mich und flüsterte ihr zu, dass wir dieses Jahr ein wunderschönes Weihnachtsfest haben würden.

Jim Hinch

Ihr Sterne, preist und lobet,
Gott-Vater werd' geehrt,
dass Jesus Christ den Frieden bracht'
vom Himmel auf die Erd.

Herr, komm aus deinem Krippelein,
da Ochs und Esel stehn,
in unser sünd'ges Herz herein,
das sonst vor Angst vergeht.

Mach uns zu Gotteskindern
und führ uns in dein Licht!
Lass uns die Weihnacht recht verstehn:
Zeig uns dein Angesicht.

Auszug aus „O Little Town of Bethlehem"
von Phillips Brooks
Deutscher Text: Lewis H. Redner (1831–1908)

Der hässliche Baum

Zunächst sah es so aus, als würden wir an jenem Weihnachtsfest überhaupt keinen Baum haben.

In den Jahren davor hatte der Baumkauf zu den schönsten Ereignissen in unserer Familie gehört. Mein Mann Chris und ich packten unsere drei Kinder hinten auf unsere Schneemobile und brausten durch den frischen, glitzernden Schnee nach Cedar Mountain, um etwa fünfzig Bäume zu inspizieren, bevor wir denjenigen zum Fällen auswählten, der „einfach perfekt“ war.

Aber all das war vor Chris' Tod gewesen. Nachdem mein Mann gestorben war, zog ich mit den Kindern in das 320 Kilometer entfernte Montrose. Als mir das erste trostlose Weihnachten als junge Witwe bevorstand, konnte ich den Gedanken, für die Feiertage einen Baum zu besorgen, kaum ertragen. Würde nicht auch ein billiger künstlicher Baum reichen?

Ich fuhr hundert Kilometer bis in die nächstgrößere Stadt, um dort festzustellen, dass das Einkaufszentrum randvoll mit gestressten Kunden war. Unter meinem Einkaufswagen knirschte zerbrochener Weihnachtsschmuck, als ich mir einen Weg zu den künstlichen Bäumen bahnte.

Ein Baum war mit roten Plastik-Weihnachtssternen geschmückt, ein anderer mit weißen Tauben. Ein dritter bestand aus einer glitzernden silbernen Substanz und ein weiterer war voller künstlicher Schneeflocken. Als Sonderangebot gab es ein Jesuskind aus Plastik für eine Outdoor-Krippe.

Aus dem Lautsprecher dröhnte eine Stimme, die besonders günstige Mikrowellengeräte anpries. Daraufhin begann sich ein Paar in meiner Nähe zu streiten: Die Frau behauptete, sie könnten sich diesen Luxus nicht leisten ... Ich ließ meinen halb gefüllten Einkaufswagen stehen, eilte zum Ausgang und fuhr die hundert Kilometer wieder zurück. Vor lauter Zorn stiegen mir unterwegs Tränen in die Augen: Ich war zornig auf dieses fremde Paar, zornig über die Plastik-Orgie im Einkaufszentrum und zornig auf meinen Mann, weil er gestorben war und mich allein zurückgelassen hatte. Doch den größten Zorn hatte ich auf Gott, der das alles hatte geschehen lassen.

Darum beschloss ich, dass es dieses Jahr bei uns kein Weihnachten geben würde: keine Geschenke, keine Plätzchen und ganz bestimmt keinen künstlichen Baum. Als ich zu Hause war, griff ich nach den Weihnachtskarten, die ich schon vorbereitet hatte, schob sie in eine Schublade und knallte sie zu.

Der Dezember bildete wirklich einen passenden Schlusspunkt für ein furchtbares Jahr: Chris war im Januar an Herzversagen gestorben, als er das Schneemobil beladen hatte, obwohl er genau wie ich erst 26 gewesen war. Von da an hatte sich ein Problem an das andere gereiht: Ich musste mich mit der nie endenden Bürokratie der Versicherungsgesellschaften, Finanzämter und Krankenkassen herumschlagen. Die achtjährige Amy bekam plötzlich Schwierigkeiten in der Schule; die fünfjährige Mandy konnte nicht mehr schlafen und begann wieder, am Daumen zu lutschen. Und jedes Mal, wenn der vierjährige Christopher etwas anstellte, lag es zweifellos daran, dass er seinen Papa vermisste.

Im September hatten wir dann alles zusammengepackt und waren nach Montrose gezogen. Die Kinder mussten sich in einer neuen Schule einleben, während ich selbst unsere neue Wohnung einrichtete und im Garten Obstbäume pflanzte. Ich dachte wirklich, wir hätten es geschafft – bis es Dezember wurde.

Ich hatte Weihnachten immer geliebt. Ich mochte die Musik und den Geruch der Weihnachtsleckereien, und ich sah gerne zu, wie die Kinder die Plätzchen verzierten. Doch mein Lieblingsritual war zweifellos das Holen und Aufstellen des Weihnachtsbaumes.

Natürlich war der „einfach perfekte" Baum immer zu groß gewesen, deshalb hatte Chris jeweils das untere Ende gekappt und wir konnten die übrigen Zweige für Kränze und Girlanden nutzen. Der würzige Geruch hatte das ganze Haus erfüllt. Ich hatte Popcorn gemacht, während Chris die Lichterketten aufgehängt hatte. Anschließend hatten wir den Baum alle gemeinsam geschmückt.

Im letzten Jahr hatten Chris und ich nach der Mitternachtsmesse alle Lichter im Haus ausgeschaltet und uns hingesetzt, um zusammen den Baum zu betrachten. Wir hatten uns bewusst gemacht, wie überreich wir von Gott beschenkt worden waren: mit unseren Kindern, unserem Haus auf dem Lande und unserer gegenseitigen Liebe.

Jetzt befand ich mich in einem fremden Haus in einer fremden Stadt und hatte tatsächlich erwogen, einen künstlichen Baum zu kaufen. Ich vermisste meine Heimat und meinen Mann mehr, als ich es je für möglich gehalten hätte.

Draußen auf der Straße hielt der gelbe Schulbus. Gleich darauf strömten die Kinder ins Haus, sie ließen Brotdosen, Bücher und Handschuhe fallen. Als wir in der Küche saßen und Kakao tranken, verkündete ich: „Dieses Jahr werden wir keinen Weihnachtsbaum haben. Überall wird nur hässliches Zeug aus Plastik verkauft. Die Geschäfte wollen die Leute nur dazu bringen, Geld auszugeben, das sie nicht haben. Und da werden wir nicht mitmachen."

Sofort protestierten meine drei Kinder einstimmig: „Aber Mama, das ist unfair!" Und für den Rest der Woche sah ich lauter traurige Gesichter um mich herum.

Am darauffolgenden Sonntag blieben die Kinder nach dem Gottesdienst noch etwas länger in der Kirche, um für das Krippenspiel zu proben. Hinterher kamen sie voller Vorfreude auf Weihnachten nach Hause.

Da ich Christophers sehnsüchtigen braunen Augen nicht länger widerstehen konnte, stimmte ich zu, wenigstens einen kleinen Baum zu kaufen. Es waren allerdings nur noch wenige auf dem Parkplatz des örtlichen Supermarkts übrig: Wir hatten die Wahl zwischen einer großen dürren Kiefer oder einer kurzen struppigen Fichte. Wir entschieden uns für die Fichte, der Verkäufer band sie oben auf unserem Auto fest, und wir brachten sie nach Hause.

Der Baum passte nicht in den Ständer, weil der Stamm zu dick war. Ich spitzte ihn mit einem Fleischermesser an, wobei ich eine ordentliche Portion Harz auf unserem Teppich verteilte. Die Nadeln kratzten an meinen Armen, als ich versuchte, den Stamm in den Ständer zu bekommen. Da der Baum immer wieder in dieselbe Richtung kippte, holte ich etwas Bindedraht aus dem Schuppen und band ihn an die Gardinenstange. Obwohl ich darauf geachtet hatte, ihn mit der kahlen Seite zur Wand zu drehen, klaffte in der Mitte eine große Lücke. Und die übrigen Zweige hingen so schlaff herab, dass der Baum einfach jämmerlich wirkte.

Es war zweifellos der furchtbarste Weihnachtsbaum, den ich je gesehen hatte. Angewidert ging ich ins Schlafzimmer und überließ es den Kindern, ihn zu schmücken.

Kurze Zeit später hörte ich ein schüchternes Klopfen und sah Mandys strahlend blaue Augen durch den Türspalt lugen. „Mami, kommst du mal und steckst den Engel auf die Spitze?“, bat sie, wobei sie ihre Begeisterung kaum verbergen konnte.

„Nicht jetzt, mein Schatz, ich lege doch gerade Kleidung zusammen.“

Sie ließ den Kopf hängen und wandte sich um, doch gleich darauf drehte sie sich noch einmal zu mir. „Könntest du zumindest kurz zum Gucken kommen? Nur eine Minute?“

Ich hatte ein schlechtes Gewissen, weil ich ihr die Freude verdorben hatte, und gab nach.

Amy hatte die Lichterketten aufgehängt, ohne jedoch vorher zu überprüfen, ob alle Lichter noch funktionierten. Mandy und Chris hatten die untere Hälfte des Baumes geschmückt, während die oberen Zweige, an die sie nicht herangekommen waren, noch völlig kahl waren.

Trotzdem waren die Kinder ungeheuer stolz auf ihr Werk. Als ich den Engel auf die Spitze steckte, erklärten sie, wie überaus schön sie den Baum fänden.

So hässlich der Baum auch sein mochte, er war ein Teil unserer Familie geworden.

An Heiligabend gingen wir zum Krippenspiel in die Kirche. Anstatt die Aufführung zu genießen, befürchtete ich die ganze Zeit, der Junge, der hinter Mandy stand, könnte mit seiner Kerze ihre Zöpfe versengen. Von der Faszination, die die Mitternachtsmesse vor einem Jahr auf Chris und mich ausgeübt hatte, war nichts zu spüren. Alles, was ich jetzt fühlte, war eine kalte Leere, während um mich herum stolze Väter und Mütter ihre Kinder beobachteten.

Nach der Veranstaltung nahm ich die Kinder mit nach Hause, brachte sie ins Bett und versprach, das Terrassenlicht für den Weihnachtsmann anzulassen. Ich sah mir eine Fernsehshow an, bis ich sicher war, dass alle schliefen. Dann beschloss ich, erst am nächsten Morgen Weihnachtsmann zu spielen, und machte den Fernseher aus.

Die warmen Lichter des Weihnachtsbaums leuchteten in der Dunkelheit. Als ich mich hinunterbeugte, um den Stecker aus der Steckdose zu ziehen, bemerkte ich ein Geschenk, das ich vorher nicht gesehen hatte. Auf der Karte stand in der Handschrift einer Erstklässlerin: „Für Mami, in Liebe, Mandy".

Ich lächelte und öffnete, ohne lange zu überlegen, die große Schachtel. Unter einer Schicht von rosa Servietten fand ich ein Lamm aus Salzteig. Dann entdeckte ich einen der drei Weisen, dessen Schnurrbart offensichtlich durch eine Knoblauchpresse gedrückt worden war. Ein Auge war etwas größer als das andere, der Turban hing schief.

Behutsam stellte ich ihn neben das Lamm und packte nun Maria aus. Das Haar, das unter ihrem blauen Kopftuch hervorsah, war ebenso blond wie das meiner Tochter Mandy. Sie hatte ein breites Lächeln auf dem Gesicht. Als Nächstes kam Josef und schließlich das Jesuskind, in einer Krippe schlafend.

Ich lehnte mich zurück und bewunderte diese einzigartige Heilige Familie, über die der hässliche Baum schützend seine Zweige breitete. An diesem Baum hing nichts aus Plastik, sondern er war mit Erinnerungsstücken dekoriert, die mit viel Liebe angefertigt worden waren: ein Stern aus Eisstielen, eine Kette aus roten und grünen Papierstreifen, eine Orange mit Nelkensteckern, der Christbaumschmuck aus Holz, den meine Mutter für mich gemacht hatte, als ich noch ein kleines Mädchen gewesen war, die große weiße Schneeflocke, die Chris als Vorschulkind gebastelt hatte, sowie drei Glasvögel, die man an die Zweige klemmen konnte – der einzige gekaufte Schmuck, den Chris und ich uns im ersten Jahr unserer Ehe hatten leisten können.

Das Loch in der Mitte des Baumes wurde durch ein hübsches Bild, das meine drei Kinder zeigte, ausgefüllt.

In diesem Moment war es der schönste Baum der Welt. Er stand gerade, auch wenn er etwas Halt brauchte.

Genau wie ich!, dachte ich. Ich war zwar vom Sturm gebeutelt, aber ich lag noch nicht am Boden, denn ich hatte meine Familie und Freunde als Rückhalt. Und obwohl ich mich in der Mitte leer fühlte, halfen meine drei wunderbaren Kinder, die Lücke zu füllen, die Chris hinterlassen hatte. Jesus war der Boden, auf dem ich stand, und seine Engel wachten über mich. Mein Leben war geprägt von wunderbaren Erinnerungen, und wenn auch das eine oder andere Licht bereits erloschen war, so brannten die übrigen doch noch voller Hoffnung auf morgen.

Seit ich vor diesem Weihnachtsbaum saß, sind sieben Jahre ins Land gezogen. Ich habe inzwischen noch einmal geheiratet und noch einen Sohn bekommen – Tom, der jetzt vier Jahre alt ist. Mit meinem zweiten Mann habe ich die Tradition, unseren Weihnachtsbaum selbst zu fällen, wieder aufleben lassen. Wenn wir damit nach Hause kommen, ist er wie früher viel zu groß.

Aber jedes Jahr denken die Kinder und ich voller Stolz an den hässlichsten Weihnachtsbaum aller Zeiten zurück. Wir mussten die Salzteig-Familie aufs Regal umsiedeln, weil Tom das Jesusbaby letztes Jahr in den Mund gesteckt hat. Doch in meinem Herzen gehört sie für immer unter die kahlen Zweige jener struppigen Fichte.

Faye Roberts

Und wieder ist Weihnachten,
diese immer wiederkehrende Zeit.
Mit ihrem ganz eigenen Zauber,
dieser besonderen Stimmung und
dem ihr innewohnenden Geheimnis
scheint sie außerhalb unserer
normalen Zeitrechnung zu stehen.
Sie zieht uns erneut in ihren Bann,
und durch all das,
was zeitlos und uns so vertraut ist,
merken wir: Wir sind wieder zu Hause.

Elizabeth Bowen

Ein Stück von dir selbst

Wieso gibt es eigentlich so wenige Weihnachtsgeschichten, in denen Geschäftsleute eine Rolle spielen? Anscheinend dreht sich in der Geschäftswelt an Weihnachten alles nur um Kommerz, oder?

Diese Gedanken gingen mir im Kopf herum, als Weihnachten wieder einmal näher rückte. Selbstverständlich würde ich für meine vier lebhaften Kinder und meine wunderbare Ehefrau einige schöne Geschenke besorgen. Doch wie sah es mit den weniger glücklichen Mitgliedern der Gesellschaft aus? Die Bibel sagt ziemlich viel darüber, wie wichtig es ist, Witwen und Waisen zu helfen. Was tat ich für solche Menschen?

Irgendwo hatte ich einmal gelesen, dass es besser sei, sich mit seinen Gaben und Fähigkeiten für andere einzusetzen, als lediglich etwas zu kaufen. Wie konnte ich als Bauunternehmer bedürftige Personen am besten unterstützen?

Da ich der Vorsitzende der örtlichen Vereinigung von Bauunternehmern war, kam mir die Idee, auch die übrigen Mitglieder zu fragen, ob sie sich an einem Hilfsprojekt beteiligen würden. Wie wäre es, wenn wir uns alle zusammentun und unserer Stadt auf diese Art und Weise ein Weihnachtsgeschenk machen würden?

Je mehr ich darüber nachdachte, desto aufgeregter wurde ich. Dieses Projekt konnte sowohl unserer Stadt als auch unserem Verband nur Vorteile bringen. Erst kürzlich hatte ich nämlich in einem Zeitungsartikel gelesen, dass Bauunternehmer kein besonders hohes Ansehen in der Öffentlichkeit genossen. Es hieß dort sogar, was Glaubwürdigkeit und Vertrauen anging, würden wir ganz unten auf der Skala rangieren – zusammen mit den Gebrauchtwagenhändlern.

Dieser Artikel hatte mich sehr gestört, denn ich wusste, dass es sich bei den Mitgliedern unseres Verbandes um äußerst warmherzige und großzügige Menschen handelte. Tatsächlich schossen bei unserem Treffen im November fast alle Hände hoch, nachdem ich meine Idee vorgetragen und um Beteiligung gebeten hatte. Bevor wir wieder auseinandergingen, hatte sich der „Weihnachtsgeschenk-für-Lincoln-County-Ausschuss" formiert.

Der erste Schritt sah vor, Briefe an die örtlichen Kirchen zu schicken und sie zu bitten, uns bedürftige Personen zu nennen, deren Haus saniert oder instand gesetzt werden musste. Zu unserer Überraschung antwortete nicht eine einzige Kirche. Wir mussten uns also an die Vorschläge unserer eigenen Verbandsmitglieder halten.

In diesem Zusammenhang fiel der Name Minnie Fredinburg. Minnie war eine 79-jährige Witwe, die von Sozialhilfe lebte. Sie war seit mehr als zwei Jahrzehnten nicht mehr imstande gewesen, an ihrem bescheidenen kleinen Haus auch nur die dringendsten Reparaturen vornehmen zu lassen.

Obwohl die Ackerwinden bereits durch ihren Wohnzimmerboden wuchsen, trug Minnie ihre Lage mit Humor.

Wenn jemand vorschlug, sie solle doch umziehen, erwiderte sie stets: „Ich will in meinem eigenen Haus bleiben, solange ich kann." Allerdings wusste sie nicht, wie lange dies noch möglich sein würde.

Da Minnie zu einer Gemeinde gehörte, bat ich ihren Pastor, mich bei meinem ersten Besuch zu begleiten. Ich wollte herausfinden, wie unser Verband dieser alten Dame helfen konnte.

Minnie schien erstaunt zu sein, dass ihr so ein großes Glück zuteilwerden sollte. Nachdem wir uns eine Weile mit ihr unterhalten hatten, führte sie uns als Erstes in ihr kleines Badezimmer. „Der Boden hier ist etwas weich", meinte sie, und das war nicht übertrieben, denn ihr Fuß sackte geradezu im Boden ein.

Für das Auge eines Bauunternehmers war schnell ersichtlich, was es sonst noch hier zu tun gab: Das schadhafte Dach musste komplett erneuert werden. Sowohl innen als auch außen benötigte das Haus einen neuen Anstrich. Zwischen der Schlafzimmerwand und dem Schlafzimmerboden klaffte eine große Lücke. Und als wir ein paar der verrotteten Fußbodenplanken anhoben, konnten wir sehen, dass das Fundament teilweise nachgab.

Dieses Projekt stellte sich als wesentlich umfangreicher und zeitaufwändiger heraus, als wir zunächst gedacht hatten. Doch wir nahmen uns vor, Minnies Haus von Grund auf zu sanieren.

Zunächst verzögerten einige Winterstürme den Beginn der Renovierungsarbeiten, aber als eine Gruppe von etwa zehn Leuten schließlich anfangen konnte, war ihre Begeisterung geradezu ansteckend.

Die Lokalpresse berichtete über dieses Projekt, woraufhin eine Firma uns für die Bauarbeiten ein mobiles Toilettenhäuschen zur Verfügung stellte. Ein nahe gelegenes Restaurant versorgte uns mit kostenlosem Essen. Ein Baumaschinen-Verleih forderte von uns keine Gebühren. Handwerker verzichteten darauf, ihre Leistungen in Rechnung zu stellen, und die Frauen unseres Verbands übernahmen die Innenausstattung.

Eine der Frauen, die die Küche gestrichen hatten, fuhr anschließend in die Stadt, um neue Vorhänge zu besorgen. „Ich habe genug Farbe an den Händen, um die passende Farbe zu finden!", meinte sie zufrieden.

Minnies Freundinnen aus der Gemeinde taten sich zusammen, um ihre Schränke zu leeren, die Bilder abzunehmen und all diese Dinge zwischenzulagern, während Minnie zwei Wochen bei der Schwiegermutter ihrer Tochter wohnte. Als wir beobachteten, wie diese Frauen sich einsetzten, beschlossen wir, bei künftigen Renovierungsprojekten immer auch die Mitglieder der betreffenden Kirchengemeinde mit einzubinden.

Nachdem das Haus von Grund auf saniert worden war, kümmerten sich einige Freiwillige um den Garten – sie legten einen hübschen Plattenweg und pflanzten noch ein paar Büsche.

Schließlich wurde Minnie von ihren Freunden wieder zurückgebracht. Das war ein bewegender Moment für uns alle.

„Ich hatte Gott gebeten, dass ich hier noch eine Weile wohnen darf", sagte die alte Dame mit zittriger Stimme, während sie unser gemeinsames Werk bestaunte. „Aber was habe ich je für ihn getan, um etwas so Wunderbares zu verdienen?"

Darüber konnten Minnies Freunde etwas erzählen: Sie hatte die Gemeinde über viele Jahre hinweg treu unterstützt, hatte Güte und Freundlichkeit ausgestrahlt – ihr ganzes Leben war ein stilles Gebet gewesen.

Dies war also das erste Projekt gewesen. Im folgenden Jahr nahm unser Verband ein weiteres Projekt in Angriff: Wir wollten eine kleine Hütte renovieren, die eine Pfadfindergruppe für ihre Treffen nutzte. Wieder einmal würden wir Zeit und Energie und natürlich auch Geld investieren.

Aber jeder von uns wusste, dass es sich lohnen würde. Der persönliche Einsatz schweißte uns alle zusammen und rief eine tiefe Zufriedenheit in uns hervor. Ich bin zu der Einsicht gelangt, dass es in jedem von uns eine Art Reservoir an Güte und Selbstlosigkeit gibt, das nur angezapft werden muss. Und wenn dies geschieht, stellen wir fest, dass Geben tatsächlich seliger als Nehmen ist.

Ließe sich diese Geschichte nicht auch an einem anderen Ort wiederholen? Selbstverständlich – die Möglichkeiten sind nahezu grenzenlos. Jeder von uns sollte sich fragen, was er beitragen kann, um die Liebe von Jesus Christus auf ganz praktische Weise weiterzugeben.

Ralph Waldo Emerson schrieb zu diesem Thema: „Das einzig wahre Geschenk ist ein Stück von dir selbst ... Darum schenkt der Dichter sein Gedicht, der Schafhirte sein Lamm, der Farmer Mais, der Bergarbeiter einen Edelstein, der Segler Korallen und Muscheln, der Maler sein Bild ..."

Können Sie sich vorstellen, wie groß unsere Freude war, als der Elektriker mit seinen Kabeln, der Zimmermann mit seinem Holz, der Klempner mit seinen Rohren, der Maler mit seinen Farben und der Gärtner mit seinen Sträuchern anrückte?

Sogar Geschäftsleute können die wahre Bedeutung von Weihnachten erfassen.

Robert Halverson

Was kann ich ihm geben,
arm, wie ich bin?
Wär ich ein Schafhirt,
ein Lamm brächt' ich hin.
Als einer der Könige –
Kostbares, rar.
Doch was soll ich geben?
Mein Herz bring ich dar!

Christina Rossetti

Ein langer Weg nach Hause

Jedes Jahr an Heiligabend kommt unsere Familie zusammen, um unseren Weihnachtsbaum zu schmücken. Nacheinander hängen wir die hübschen Dekorationen an die tiefgrünen Zweige, und wenn der Baum dann in seiner ganzen Pracht erstrahlt, halten wir einen Moment inne.

Wir sehen zu, wie mein Mann Rudy den letzten Schmuck auswickelt: eine alte, abgenutzte Paraffinkerze. Vorsichtig befestigt er den heruntergebrannten Kerzenstumpf an der Baumspitze. Ein Streichholz wird entzündet, der Docht nimmt die Flamme auf, und nun ist unsere Familie bereit, ein weiteres Weihnachtsfest zu feiern.

Wieder ist Weihnachten ... Während die Paraffinkerze aufflackert, denke ich daran, wie wenig sie den schlanken Wachskerzen ähnelt, die an den Bäumen meiner Kindheit in Riga, Lettland, brannten. Ich denke an unser letztes Weihnachten dort im Jahre 1943 – ein Jahr der Unsicherheit. Der Zweite Weltkrieg tobte, und wir Letten waren inmitten eines blutigen Kriegstauziehens eingeschlossen, erst von der russischen, dann von der deutschen Armee. Was vor uns lag, konnten wir nicht absehen.

Dennoch fanden wir uns mit unserer kleinen Tochter Alina im Haus meiner Eltern vor dem Weihnachtsbaum ein. Kleine rote Äpfel blinkten zwischen den Zweigen und auf der Spitze saß ein handbemalter Porzellan-Engel. Die handgedrehten Kerzen in Rot, Gelb, Grün und Weiß tauchten das Zimmer in ein warmes Licht, während meine Mutter die Weihnachtsgeschichte vorlas. Anschließend fassten wir uns an den Händen und sangen „Stille Nacht".

„Schau mal, Alina", sagte meine Mutter zu unserer Dreijährigen mit den blonden Locken und den neugierigen Augen. „Diese Kerzen erinnern uns daran, dass Jesus Licht in unser Leben bringt, so, wie er der Welt das Licht gebracht hat. Seine Hand ist immer über uns."

Alina strahlte. Sie lief zum Baum, nahm einen Glasanhänger in ihre kleine Hand und zog, so fest sie konnte. Wir mussten schnell eingreifen, um zu vermeiden, dass der Baum umfiel und die Kerzen das Haus in Brand steckten.

1944 näherte sich die russische Artillerie der Stadt Riga. Der Großteil der Zivilbevölkerung war bereits evakuiert worden, um sie vor dem Granatenhagel in Sicherheit zu bringen. Uns hatte man jedoch nicht erlaubt wegzugehen, weil Rudy als Elektroingenieur dringend gebraucht wurde. Am 1. Oktober zwängten Rudy, Alina und ich uns dann endlich in einen Zug, den letzten, der Riga verließ. Zwölf Tage später fiel die Stadt an die Sowjets.

Wohin brachte der Zug uns? In Sicherheit? Nein, wir landeten in Berlin, wo es noch mehr Bomben und Granaten gab. Wir kamen in einer kleinen Dachwohnung unter, deren Besitzer geflohen war. Jede Nacht schliefen wir mit Mänteln und Schuhen, bereit, in einen Schutzkeller zu rennen, sobald das Sirenengeheul die Stille durchdrang.

Berlin wurde täglich bombardiert, manchmal dreimal pro Nacht.

An jenem Heiligabend sah ich plötzlich, wie Rudy seinen dicken Wintermantel anzog. Auf seinem Gesicht lag ein Ausdruck der Entschlossenheit.

„Was hast du vor?", erkundigte ich mich.

„Es ist Heiligabend", erklärte er. „Ich werde uns einen Baum besorgen."

Er griff nach unserem Koffer, leerte ihn aus und verließ damit die Wohnung. Mit einer der wenigen U-Bahnen, die noch verkehrten, gelangte er an den Stadtrand. Dort fand er im Wald einen winzigen Baum, der gerade in den Koffer passte. Einige Stunden später war er wieder zurück.

Wir stellten den Baum auf den Tisch und feierten Weihnachten. Rudy las die Weihnachtsgeschichte aus unserer Bibel vor, und Alina bekam ein Geschenk, ein handgeschnitztes Eichhörnchen, an dem Rudy monatelang gearbeitet hatte. Die Hinterbeine bewegten sich, wenn Alina an einer Schnur zog.

Im Halbdunkel hielten wir uns alle drei an den Händen und sangen „Stille Nacht". Und für einige Stunden stimmte dies tatsächlich, denn die Sirenen waren vorübergehend verstummt.

Ein Jahr später war wieder Weihnachten. Doch wir sollten unser Heimatland und viele Menschen, die wir liebten, nie wiedersehen. Am Ende des Krieges wurde Lettland ein sowjetischer Staat. Wir konnten nicht dorthin zurückkehren und hatten auch keinen anderen Ort, an den wir hätten gehen können. Dieses Schicksal teilten noch Tausende von anderen sogenannten Flüchtlingen und wie sie wurden auch wir in ein Lager geschickt. Dort, in einem Wald in Westdeutschland, verbrachten wir ein langes, trostloses Jahr nach dem anderen.

Fünf Heiligabende später, 1949, waren wir immer noch dort. Die Lagerroutine änderte sich nicht einmal an so einem besonderen Tag wie diesem: Wie immer stand ich um vier Uhr morgens auf, um mit den anderen Frauen im Lager Kartoffeln zu schälen. Dieses Weihnachten erwarteten Rudy und ich ein Geschwisterchen für Alina, und es wurde immer schwieriger für mich, durch die morgendliche Dunkelheit zur Küche zu stapfen. Unser Speisezettel änderte sich nie, es gab tagein, tagaus immer nur Suppe.

Der Wind war schneidend kalt, als wir von der Essensausgabe zu der Baracke gingen, wo wir ein Zimmer mit vier anderen Familien teilten. Alina war inzwischen acht Jahre alt. Ihre langen blonden Zöpfe bildeten einen starken Kontrast zu dem Grau ihrer abgetragenen Jacke. Ich versuchte, mich irgendwie in Weihnachtsstimmung zu versetzen, aber ich konnte nur bedrückt auf den Schneematsch starren, durch den wir in unseren vom Lager ausgegebenen Holzschuhen schlurften.

Meine Mutter hatte immer gesagt, Gottes Hand sei über uns. Doch wo war Gott jetzt? Natürlich hatte ich immer gehofft, noch ein Kind zu bekommen, doch dies schien mir weder der richtige Ort noch der richtige Zeitpunkt zu sein. Warum hatte Gott unsere unzähligen Bitten, uns ein neues Zuhause zu schenken, nicht erhört?

Im Stillen machte ich mich auf ein weiteres deprimierendes Weihnachten gefasst. Doch in unserer Ecke der zugigen Baracke mit dem Blechdach stand ein stolzer kleiner

Weihnachtsbaum. Offiziell war es nicht gestattet, einen Baum aufzustellen, aber Rudy hatte sich trotzdem in den Wald hinausgeschlichen, um einen zu holen. Andere Lagerbewohner hatten dasselbe getan. Zwar trug der Baum weder Schmuck noch Kerzen, die vom Licht der Welt erzählten, doch wir hatten unsere Bibel.

Als wir lasen, dass Jesus in einem armseligen Stall geboren wurde und dass seine Familie wenig später vor einem machtgierigen König fliehen musste, wurde mir klar, dass wir durchaus Grund hatten, dankbar zu sein. Wir hatten fast keinen Besitz, aber verglichen mit anderen im Lager waren wir reich. Wir besaßen drei angeschlagene Emailleteller, von denen wir unsere Suppe aßen. Andere mussten leere Konservendosen benutzen. Alina hatte zwar nur ein einziges Kleid, eine Garnitur Unterwäsche und ein Paar Socken, doch ich hatte immerhin jeden Abend Zeit, ihre Kleidung zu waschen und zu flicken.

Das Wichtigste war jedoch, dass wir einander hatten – und dass in unserem Herzen immer noch ein Funken Glaube und Hoffnung glimmte. Das reichte aus, um Weihnachten zu erhellen.

Vor dem nächsten Weihnachtsfest überschlugen sich die Ereignisse: Drei Monate nachdem unser Sohn Johnny geboren worden war, erhielten wir die Nachricht, dass wir nach Amerika auswandern durften. Eine Kirchengemeinde in Kansas City, Missouri, hatte sich bereit erklärt, eine Familie zu unterstützen. Da sie ausdrücklich nach einer Familie mit kleinen Kindern verlangt hatte, waren wir ausgewählt worden, denn Johnny war das jüngste Kind im Lager. Und das war noch nicht alles: Kindern unter sechs

Monaten wollte man die strapaziöse Schiffsreise nicht zumuten, darum sollten wir tatsächlich per Flugzeug in unsere neue Heimat gelangen!

So verließen wir Deutschland also im Oktober 1950, genau sechs Jahre nach unserer Ankunft in Berlin, in einem Frachtflugzeug ohne Druckausgleichkabine.

Die Mitglieder der *Children's Memorial Lutheran Church* in Kansas City empfingen uns mit offenen Armen. Obwohl auch dort Wohnungsnot herrschte, hatten sie für uns ein kleines Zimmer gefunden und die Miete für den ersten Monat bezahlt. Ein Mann aus der Gemeinde war Vorarbeiter in einer Fabrik, er hatte Rudy einen Job besorgt.

In Kansas City schien an Heiligabend die Sonne; es war kühl, aber nicht schneidend kalt. Mein kleiner Johnny gluckste vergnügt auf meinem Schoß, während ich sorgfältig unser Erspartes zählte: ein Dollar plus etwas Kleingeld. Es stand außer Frage, wofür das Geld ausgegeben werden sollte: Diesmal wollte ich diejenige sein, die den Weihnachtsbaum holte.

Alina sprang ins Zimmer. Ihre Wangen waren gerötet – sowohl von der Aufregung als auch von der frischen Dezemberluft.

Ich steckte die Münzen ein und fasste meine Tochter an der Hand. Nachdem wir die nette Nachbarin gebeten hatten, ein Weilchen auf Johnny aufzupassen, marschierten wir gemeinsam zu der Straßenecke, an der Weihnachtsbäume verkauft wurden.

Der Verkäufer war ein Mann mittleren Alters, und er trug eine rote Schirmmütze. „Was kann ich für Sie tun?", fragte er.

„Wir hätten gern den kleinsten Baum, den Sie haben", antwortete ich.

Daraufhin präsentierte er uns eine gerade gewachsene, etwa sechzig Zentimeter große Fichte. Ich sah, wie Alinas Augen zu leuchten begannen.

„Wie viel kostet er?", fragte ich, während ich nervös mein hart erspartes Geld umklammerte.

„Zwei Dollar", sagte der Verkäufer.

„Und Sie haben nichts Kleineres?"

„Nein, tut mir leid", erwiderte der Mann kurz angebunden.

In Alinas Augen zeichnete sich Enttäuschung ab. Doch unser Geld reichte nicht, darum wandten wir uns um und wollten weggehen. Aber wo sollten wir einen anderen, für uns erschwinglichen Baum finden?

„Warten Sie", rief der Verkäufer uns nach. Seine Stimme klang auf einmal nicht mehr so schroff wie vorher. Er schüttelte die kleine Fichte etwas zurecht und legte sie dann behutsam über Alinas Schulter. „Frohe Weihnachten, Kleine!"

„Danke, vielen, vielen Dank!", flüsterte ich und drückte ihm mein ganzes Geld in die Hand. Danach gingen wir froh nach Hause, eine Weihnachtsmelodie auf unseren Lippen.

Am Abend bohrte Rudy ein Loch in eine der Orangenkisten, die wir als Stühle benutzten, und stellte den Stamm des Miniaturbaumes hinein. Es gab keine Geschenke unter diesem Baum, doch wir waren bereits überreich beschenkt worden: mit einem warmen Zimmer, neuen Freunden und einer neuen Heimat.

Ganz unten in unserem Koffer fand ich eine kleine Paraffinkerze, die Rudy nun an der Spitze des Baumes befestigte. Alina stand zwischen Rudy und mir, und Johnny saß auf meinem Schoß, während Rudy das zweite Kapitel des Lukasevangeliums vorlas: „Es begab sich aber zu der Zeit, dass ein Gebot von dem Kaiser Augustus ausging ... Ehre sei Gott in der Höhe und Friede auf Erden bei den Menschen seines Wohlgefallens" (Lukas 2,1+14; LU).

Ich spürte, wie diese Worte in meinem Herzen widerhallten: Friede auf Erden – nach so langer Zeit konnten wir uns endlich frei und sicher fühlen. Und wir hatten von den Menschen hier so viel Freundlichkeit und Güte erfahren, dass mein Herz vor Dankbarkeit geradezu überquoll.

Es schien, als würde diese kleine Kerze im Nachhinein all die dunklen Weihnachtsfeste der vergangenen Jahre erhellen. Mir wurde bewusst, dass Gottes Hand tatsächlich über uns gewesen war. Er hatte uns inmitten des Bombenhagels in Berlin bewahrt und es schließlich so gefügt, dass wir nach Amerika ausreisen konnten.

Auch in den folgenden Jahren, als unsere Kinder groß wurden und schließlich selbst Kinder bekamen, hat Gott uns nie im Stich gelassen.

Wenn wir uns nun an Weihnachten versammeln, stellen wir uns alle vor einen stattlichen Baum und schmücken ihn gemeinsam. Der Höhepunkt jedes Heiligabends ist jedoch der Moment, in dem Rudy die kleine Paraffinkerze auspackt.

Sobald sie brennt, sage ich genau wie an unserem ersten Weihnachtsfest in Amerika zu meinem Sohn: „Diese Kerze erinnert uns daran, dass Jesus Licht in unser Leben bringt, so, wie er der Welt das Licht gebracht hat. Seine Hand ist immer über uns."

Maria Didrichsons

Das Volk, das im Finstern wandelt,
sieht ein großes Licht,
und über denen, die da wohnen
im finstern Lande, scheint es hell.

Jesaja 9,1

Die Weihnachtsexpedition

Als ich 15 Jahre alt war, lebte ich zusammen mit meinen Eltern und meinen vierzehn Geschwistern auf einer Farm in Alberta, Kanada. Der nächste größere Ort war ungefähr 130 Kilometer entfernt.

Wir waren in vieler Hinsicht Selbstversorger: Wir bauten unser eigenes Obst und Gemüse an und kochten es für den Winter ein. Wir nähten unsere Kleidung selbst und hatten sogar Schafe, die uns Wolle für Handschuhe und Socken lieferten.

Es war ein hartes Leben, das jedoch auch seine Vorzüge hatte: Wenn ich im Frühjahr zusah, wie der Pflug die braunen Erdschollen aufwarf und die Vögel nach oben in den strahlend blauen Himmel stiegen, legte ich manchmal vor Freude den Kopf zurück und sang lauthals.

Mein Vater war Landwirt und führte einen kleinen Gemischtwarenladen für die umliegenden Farmen. Doch sonntags lag alle Arbeit und alles Spiel brach. Da mein Vater außerdem noch Laienprediger einer Baptistengemeinde war, verbrachte unsere ganze Familie jeden Sonntag vier Stunden in der Kirche. Es war uns sonntags nicht erlaubt, Ball zu spielen oder auch nur unsere Schuhe zu polieren. Darum hasste ich Sonntage. Und ich hasste die Strenge meines Vaters.

Mein Vater hoffte, dass ich ebenfalls einmal Prediger werden würde, doch für mich kam das überhaupt nicht infrage. Es sah so aus, als ob Gott die Frömmigkeit meines Vaters nur dadurch belohnte, dass er ihm einen Haufen Probleme anderer Leute aufbürdete – ohne ihm auch nur den geringsten Extraverdienst zu gönnen. Außerdem sperrte Gott uns ein und wollte, dass man still war. Diese Art von Gehorsam war nichts für mich – ich hatte nicht vor, mich mein Leben lang so einengen zu lassen.

Weihnachten wurde bei uns zu Hause immer ausgiebig gefeiert – mit Essen, Spielen und Spaß für die ganze Familie. Wir Kinder erhielten allerdings keine echten Geschenke, sondern nur kleine Papiertüten mit ein paar Bonbons, einer Orange, Rosinen und ein paar Nüssen. Manchmal lag auch noch ein 10-Cent-Stück oder – wenn die Ernte besonders gut ausgefallen war – sogar ein 25-Cent-Stück darin.

Als Weihnachten im Jahre 1936 näher rückte, beschloss ich, dass es diesmal anders werden sollte. Ich hatte einen Plan geschmiedet, wie ich Geld verdienen könnte, um für meine Familienmitglieder richtige Geschenke kaufen zu können. Mit meinem Schwager, der damals 25 war, wollte ich nach Norden zu einem See fahren und dort angeln. Wir hatten gehört, dass einige Männer in diesem Jahr mit Netzen unter dem Eis fischten und viel mehr Fische als gewöhnlich herauszogen. Falls uns dies ebenfalls gelang, würden wir die Fische später problemlos verkaufen können.

Bei dem Gedanken an das Geld, das wir verdienen würden, freute ich mich riesig. Dieses Jahr würden sich meine

Geschwister nicht mit kleinen braunen Tüten zufriedengeben müssen!

Aber mein Vater protestierte. „Ich möchte lieber nicht, dass du das tust, Junge“, sagte er. „Du solltest dich bei diesem Wetter nicht in ein Gebiet vorwagen, in dem du noch nie zuvor gewesen bist. Wenn die Pferde nach der langen Fahrt erschöpft sind, könntet ihr in Gefahr geraten. Wir haben doch auch so genug Essen und Geld, um über die Runden zu kommen.“

Doch ich blieb stur. Über mögliche Gefahren machte ich mir keinerlei Gedanken, und was mich betraf, so waren die Tage, in denen man gerade so „über die Runden kam“, endgültig vorbei. Ich versprach meinem Vater, dass wir bald wieder zurück sein würden, und bereitete mich mit meinem Schwager auf diese Fahrt vor.

Mike machte seinen eigenen Schlitten und seine beiden Pferde bereit. Ich spannte unseren gutmütigen Wallach Tom und die graue Stute Queen an die Deichsel meines Schlittens. Zwar konnte man weder Tom noch Queen als temperamentvoll bezeichnen, doch es waren brave Pferde, die uns immer treu gedient hatten und die der anstehenden Aufgabe zweifellos gewachsen sein würden.

Dann brachen wir auf. Wir kamen nur langsam vorwärts, da wir uns einen Weg durch sechzig Zentimeter tiefen Schnee bahnen oder vereiste Flächen, aus denen spitze Steine hervorragten, überqueren mussten. Um diese Jahreszeit gab es nur wenige Stunden Tageslicht. Nachts schliefen mein Schwager und ich abwechselnd, denn einer von uns musste das Feuer schüren und die Waldwölfe in Schach halten. Diese Wölfe blieben uns immer auf den Fersen, ihr gespenstisches Heulen durchdrang die nächtliche Stille.

Am fünften Tag erreichten wir bei Einbruch der Dämmerung schließlich unser Ziel, den See. Doch anstatt blauen Wassers, das ans Ufer plätscherte, erstreckte sich zu dieser Jahreszeit vor unseren Augen nur eine nahezu endlose Eisfläche.

Zu unserer Bestürzung befanden sich bereits einige Leute dort, die offensichtlich genau dieselbe Idee gehabt hatten wie wir. Mike und ich beeilten uns, zu ihnen zu stoßen, und für mehrere Tage übernachteten wir mit den Fischern in einer Hütte am See. Die Pferde konnten wir in einem alten Holzunterstand unterbringen, nachdem wir ihnen vorsorglich eine Decke auf den Rücken gelegt hatten.

Wir arbeiteten die ganze Woche lang: Wir hackten Löcher in das fünfzehn Zentimeter dicke Eis, hängten Köder ins Wasser und beförderten die Fische dann in ein Netz. Es war eine anstrengende Arbeit, und wir waren froh, als sich auf unseren Schlitten allmählich lauter Hechte, Felchen, Barsche und Makrelen häuften.

Endlich war es Zeit, das Eis zu verlassen und nach Hause zu fahren. Als wir die letzten Vorbereitungen für die Heimfahrt trafen, hörte ich in der Ferne einen dumpfen, donnernden Ton widerhallen. Würde es etwa ein Gewitter geben? Ich beeilte mich, die Deichsel sorgfältig an meinem Schlitten zu befestigen.

Dann klopfte ich Tom und Queen auf die Flanken. Wie müde sie wirkten. Trotzdem würden sie uns zweifellos sicher nach Hause bringen – solange nicht mehr von ihnen verlangt wurde.

Ich kletterte auf den Schlitten. Alles, was ich jetzt wollte, war, nach Hause zu gelangen. Aus irgendeinem Grund war ich innerlich unruhig.

„Lass uns eine Weile auf dem Eis fahren“, schlug Mike vor. „So kommen wir schneller vorwärts.“ Er winkte mir zu und gab seinen Pferden das Signal, dass sie sich in Bewegung setzen sollten. Ich folgte dicht hinter ihm; unter der schweren Ladung knirschten unsere Schlittenkufen auf dem Eis.

Wir waren ungefähr vierhundert Meter vom Ufer entfernt, als wir zwei Männer erblickten, die offenbar die Stelle ansteuerten, an der wir gearbeitet hatten. „Gibt es viele Fische im See?“, riefen sie.

„Nein, inzwischen nicht mehr so viele“, antwortete Mike. „Letzte Woche waren schon einige Leute hier.“

In diesem Moment, während der Schlitten unter mir erzitterte, hörte ich wieder das dumpfe, dröhnende Geräusch. Aber diesmal wusste ich, es war kein Donner. Das Eis brach!

Plötzlich bewegte sich die Eisfläche unter uns, es krachte heftig, und zwischen den Neuankömmlingen und Mike und mir bildete sich ein Riss, der schnell länger wurde. Sofort kehrten die Männer um und lenkten ihre Pferde zurück zum Festland.

Mikes Schlitten war ganz in der Nähe des entstandenen Risses. Er reagierte blitzschnell und befahl seinen Pferden, die Bruchstelle zu umrunden. Gleich darauf zogen sie ihn mitsamt seinem Schlitten zum sicheren Ufer.

Ich stand auf und schwang meine Peitsche über meinen beiden erschrockenen Pferden. Das Eis, auf dem wir uns befanden, hatte sich in eine kleine Insel verwandelt, die bereits zu sinken begann!

„Hey Tom, hey Queen!", schrie ich und versuchte, die Tiere dazu zu bringen, zum höheren, festeren Eis überzuwechseln. Unsere Eisscholle sank rasend schnell, sie lag schon ungefähr fünfundzwanzig Zentimeter tiefer als die restliche Eisfläche. Außerdem neigte sie sich bedenklich – wir konnten jeden Moment kippen und in das eisige Wasser stürzen!

Die Pferde waren beinahe wahnsinnig vor Angst; sie stiegen und wieherten. In ihrer Panik weigerten sie sich, sich von dem eisigen Wasser wegzubewegen, das inzwischen bereits über ihre Hufe schwappte.

Vergeblich versuchte ich, den Bolzen herauszuziehen, der die Deichsel mit dem Schlitten verband. Ohne die schwere Ladung würden die Pferde und ich uns vielleicht retten können.

„Gott, hilf mir! Bitte, Gott, hilf mir!", schrie ich verzweifelt.

Im nächsten Moment spürte ich einen starken Ruck. Ungläubig beobachtete ich, wie Tom – das erschöpfte Pferd, das sich vorher kaum hatte vom Fleck bewegen können – in einem gewaltigen Satz über den Wassergraben sprang und uns auf die höher gelegene Eisfläche zog.

Noch nie in meinem Leben hatte ich ein Pferd gesehen, das über solche Kräfte verfügte, und es sollte auch das einzige Mal bleiben.

In dem Augenblick, als Toms Hufe die andere Seite berührten, hob sich unsere Eisscholle gerade hoch genug, dass der Schlitten auf die feste Eisfläche hinübergleiten konnte. Gleich darauf sank sie in eine Tiefe hinab, von der das Übersetzen unmöglich gewesen wäre.

In gestrecktem Galopp rasten Tom und Queen nun in Richtung Ufer, während ich mich nur noch ängstlich festhielt und betete. Als wir das feste Land erreichten, brach der Schlitten durch die heftigen Erschütterungen beinahe auseinander.

„Ho, Tom, ho, Queen, langsam, ganz ruhig! Jetzt sind wir in Sicherheit."

Endlich blieben die beiden Pferde stehen, worauf ich vom Schlitten kletterte und zu ihnen wankte. Tom zitterte entsetzlich und ich tätschelte ihn beruhigend. „Alles ist gut, mein Alter, alles ist gut!"

Was hatte ihn nur dazu befähigt, so etwas Unglaubliches zu vollbringen? Noch während ich mich das fragte, wusste ich schon die Antwort: Ich hatte zu Gott um Hilfe geschrien und er hatte mich erhört. Er hatte dem alten Wallach übernatürliche Kräfte verliehen, sodass dieser den Sprung seines Lebens gemacht hatte.

Fünf Tage später, als Mike und ich uns unserem Zuhause näherten, fragte ich mich beklommen, wie man mich empfangen würde. Mein Vater hatte mich gedrängt, auf diese Expedition zu verzichten; er hatte mich gewarnt, dass sie gefährlich sein könnte. Und nun kehrte ich einige Tage später als versprochen zurück, mit Tieren, die ich fast umgebracht hatte, und einem ziemlich heruntergekommenen Schlitten. Da wir am See so viele Fischer angetroffen hatten, mussten wir zudem damit rechnen, dass es auf dem Markt ein Überangebot an Fischen geben würde.

Ich war kein triumphierender Wohltäter, der der Familie ein schönes Fest bereiten würde, sondern nur ein erschöpfter Junge, der um ein Haar ertrunken wäre.

Mir war äußerst unbehaglich zumute, als wir endlich mit klappernden Hufen am großen Holzfarmhaus ankamen. Jeder eilte nach draußen, um uns zu begrüßen.

Meine Mutter schüttelte immer wieder den Kopf, während sie unserer Geschichte lauschte, und begann dann, leise zu weinen. „Gott sei es gedankt, dass ihr wohlbehalten wieder da seid", flüsterte sie.

Mein Vater sah mich nachdenklich an. Als ich mich noch bedrückt fragte, was für eine Strafpredigt er mir nun wohl halten würde, füllten sich seine Augen mit Tränen. Er streckte seine Arme und zog mich an sich. „Du bist zu Hause", sagte er mit einem Seufzer der Erleichterung, „rechtzeitig zu Weihnachten zu Hause!"

Und was für ein Weihnachten das werden sollte! Meine Mutter backte und kochte lauter leckere Sachen. Es gab besondere Brote, manche davon sogar mit Zuckerglasur – ein seltener Genuss für Kinder, die zum Frühstück nur gesalzenen Haferbrei gewohnt waren. Außerdem aßen wir heiße Knödel, gefüllt mit den prallen Blaubeeren, die im Herbst zuvor eingekocht worden waren, und Brötchen mit einer knusprigen Mohnschicht. Und natürlich einen riesigen Truthahn.

Verwandte und Freunde kamen mit ihren Schlitten an, deren Glocken fröhlich klingelten. Sie versammelten sich mit uns um den Weihnachtsbaum, der mit Pinienzapfen und Girlanden aus flauschiger Wolle geschmückt war. Mein Vater las die Weihnachtsgeschichte aus der großen

Familienbibel vor. Anschließend dankte er Gott für das große Geschenk, das er uns allen gemacht hatte, indem er seinen einzigen Sohn auf die Erde gesandt hatte.

Zuletzt bat mein Vater um Gottes Segen für jedes seiner Kinder, alle fünfzehn von uns. „Und ganz besonders danke ich dir, Herr“, fügte er noch hinzu, „dass Alex gesund und wohlbehalten zu uns zurückgekehrt ist.“

Es sollte noch mehrere Jahre dauern, bis ich mein Leben vollständig Jesus Christus anvertraute. Doch jenes Weihnachten hat mein Leben für immer geprägt. Wie schon in vergangenen Jahren bekamen wir kleine braune Tüten, aber an jenem Fest waren sie für mich kostbarer als Gold, Weihrauch und Myrrhe zusammen. Was auf mich immer so armselig gewirkt hatte, erstrahlte nun in dem herrlichen Glanz, der immer schon da gewesen war.

Das größte Weihnachtsgeschenk, das ich mein Leben lang nicht vergessen würde, erhielt ich in jenem Moment der Verzweiflung auf der sinkenden Eisscholle. Ich begriff, dass Gott kein unnahbares, fernes Wesen war, das verhindern wollte, dass kleine Jungen sonntags Spaß hatten. Stattdessen war er ein gütiger, liebender Gott, dem ich so sehr am Herzen lag, dass er mich rettete, als das Eis brach.

Alexander Ness

Die Freude, die wir spüren,
wenn wir das Leben
anderer Menschen erhellen,
ihre Sorgen mittragen
und ihre Lasten erleichtern,
ihre innere und äußere Leere
mit großzügigen Geschenken füllen,
macht für mich den Zauber von
Weihnachten aus.

W. C. Jones

Adele

Ich bin Eigentümer eines Verlages und vor vielen Jahren habe ich ein kleines Buch mit dem Titel „A Cup of Christmas Tea“ (zu Deutsch: „Eine Tasse Weihnachtstee“) veröffentlicht. Es erzählt von einem jungen Mann, der an Weihnachten zögernd die Einladung einer alten Tante annimmt. Zu seiner Überraschung weckt dieser Besuch all die wunderbaren Gefühle, die die Weihnachtsfeste seiner Kindheit in ihm hervorgerufen haben und die ihm auf dem Weg zum Erwachsensein größtenteils verloren gegangen sind.

Als der Autor mir zum ersten Mal sein Buch vorlas, brach ich zusammen und weinte. Da ich Jude bin, wundern sich manche Leute vielleicht, dass ich überhaupt etwas mit Weihnachten anfangen, geschweige denn von einer Weihnachtsgeschichte so tief ergriffen sein kann.

Doch ich weiß sehr gut über dieses Fest Bescheid. Als kleiner Junge habe ich Weihnachten mit einer Person gefeiert, die mir besonders viel bedeutet hat. Sie machte sogar ebenfalls einen speziellen Tee an Heiligabend. Ihr Name war Adele Molitor und in gewisser Hinsicht war sie meine Mutter.

Meine richtige Mutter starb 1933 an einer Staphylokokken-Infektion, als ich erst sechs Monate alt war.

Unglücklicherweise gab es damals noch keine Antibiotika. Nach ihrem Tod war mein Vater so verzweifelt, dass er nach Kalifornien zog und meinen älteren Bruder und mich im weit entfernten Minnesota zurückließ. Mein Bruder wuchs bei unserer Tante auf und ich wurde Adele anvertraut.

Sie war unsere Haushälterin und meine Kinderfrau gewesen und verdiente jetzt ihren Lebensunterhalt mit Bügeln. Adele arbeitete hart, aber sie schenkte mir trotzdem viel Aufmerksamkeit. Kein einziger Tag verging, ohne dass sie mir sagte, dass sie mich lieb hatte – mit ihrer sanften, etwas heiseren Stimme. Ich weiß noch gut, wie ich als kleines Kind in ihre braunen Augen blickte, die so unglaublich viel Liebe widerspiegelten.

Ich lebte bei Adele, bis ich sechs war, und sie respektierte mein jüdisches Erbe. Dennoch genoss ich es, sie einmal in der Woche in die *Basilica of Saint Mary* zu begleiten – eine wunderbare Kirche, heute eine der Sehenswürdigkeiten von Minneapolis. Die Pracht dieses Gebäudes stand im Kontrast zu dem bescheidenen Ein-Zimmer-Apartment, das Adele und ich ganz in der Nähe der Kirche bewohnten. Doch ich fand die Atmosphäre im Inneren dieses Gotteshauses niemals einschüchternd, sondern sehr tröstlich. Der warme Schein der Kerzen milderte die Kühle des Marmors und die ehrfurchtsvolle Stille unter den gewölbten Decken war beruhigend.

Das Stichwort „Weihnachten" lässt unzählige Erinnerungen an meine frühe Kindheit wieder lebendig werden: Adele liebte Weihnachten, und für sie gab es nichts Schöneres, als andere – und zwar in erster Linie mich – an ihrer Freude teilhaben zu lassen. Weil das Geld knapp war, wartete sie an Heiligabend immer bis zum letzten Moment, um einen Baum zu kaufen, dessen Preis bereits herabgesetzt war. Natürlich bekamen wir unweigerlich den schäbigsten, dürrsten 50-Cent-Baum, den man sich vorstellen kann!

Aber es machte uns nichts aus, dass unser Weihnachtsbaum nicht besonders stattlich war. Wir trugen ihn durch die überfrierenden, schneebedeckten Straßen nach Hause, schleppten ihn die Treppe hinauf und stellten ihn so auf, dass die kahlen Stellen möglichst wenig zu sehen waren. Anschließend ging Adele zu ihrem alten Herd und machte eine Kanne von ihrem speziellen Weihnachtstee, der nach Zimt, Nelken und Orangenschale duftete.

Sobald der Tee fertig war, stieg Adele auf eine Trittleiter, um die Kisten zu holen, die ganz oben im Schrank standen. Darin bewahrte sie allen möglichen Weihnachtsschmuck auf. Ich mochte alle diese hübschen, bunten Dekorationen, doch mein Lieblingsstück war ein kleiner brauner Plüschbär.

„Komm schon, Ned“, sagte Adele zu mir, „setz den Teddy auf den Baum – genau dorthin, wo du ihn haben willst!“ Voller Stolz und Glück folgte ich dieser Aufforderung.

Bevor ich an Heiligabend ins Bett musste, hörten wir uns noch im Radio das wunderbare Lied „Stille Nacht“ an – es ist bis heute mein Lieblingslied geblieben. Der Text spricht von einer Mutter und ihrem Kind, und obwohl ich meine eigene Mutter nie gekannt hatte, wusste ich genau, was es bedeutete, von einer Mutter geliebt zu werden: In Adeles Gegenwart fühlte ich mich wunderbar umsorgt und beschützt.

Als ich sechs war, entschieden meine Verwandten, dass es Zeit für mich sei, bei meiner Familie zu wohnen und in unserer Glaubenstradition unterwiesen zu werden. Doch ich versäumte es nie, an Weihnachten zu Adele zu gehen, und als ich schließlich selbst Kinder hatte, nahm ich sie mit zu ihr. Eigene Kinder bekam sie nie; sie arbeitete weiterhin hart und führte in ihrer kleinen Wohnung ein bescheidenes Leben.

Selbstverständlich brachte ich ihr jedes Mal ein Geschenk mit, und nachdem ich in meinem Beruf erfolgreich geworden war, suchte ich für sie immer den schönsten, üppigsten Weihnachtsbaum aus, den ich finden konnte. Sie sollte sich nicht mehr mit schäbigen, kahlen 50-Cent-Bäumen zufriedengeben müssen!

„Aber Ned, du brauchst nicht so viel Geld auszugeben!", schalt sie jedes Mal. „Wir waren doch immer glücklich mit unseren kleinen Bäumen, oder nicht?"

Natürlich hatte sie recht. Aber sie hatte mich mit ihrer Liebe und Fürsorge so überreich beschenkt, dass ich ihr auch etwas zurückgeben wollte.

Es war ein großer Verlust für mich, als Adele starb. Im Gedenken an sie habe ich das oben genannte Buch veröffentlicht, das zu einem Bestseller wurde. Mir war es wichtig, andere Menschen an dem Glück teilhaben zu lassen, das ich in meiner Kindheit an Weihnachten erlebt habe.

Ned Waldman

Was uns von vergangenen
Weihnachtsfesten am lebendigsten
in Erinnerung bleibt,
sind in der Regel nicht die Geschenke,
die wir erhalten oder
weitergegeben haben, sondern die
besondere Atmosphäre
des Weihnachtsgottesdienstes,
lieb gewordene Familienrituale
und die eine oder andere Gelegenheit,
bei der deutlich wurde,
dass jemand im Sinne Christi
gehandelt hat.

Louis Rand

Zeit für Fantasie

Im Jahr 1944 wurden meine Mutter und ich mit 62 weiteren Frauen von den Nazis auf einem Bauernhof gefangen gehalten. Die anderen Frauen waren Juden; wir waren die einzigen Christen. Als Weihnachten näher rückte, meinten meine Mutter und ich, wir müssten irgendetwas tun, um dieses Fest zu feiern.

„Wir werden einen Weihnachtsbaum aufstellen", verkündete meine Mutter an einem der Adventssonntage. Dann erläuterte sie mir ihren Plan dazu – ein Plan, der im Verborgenen ausgeführt werden musste.

An Heiligabend sahen die anderen Frauen fasziniert zu, als wir eine merkwürdige Sammlung von Schätzen zusammentrugen und begannen, daraus einen Weihnachtsbaum zu basteln. Als Erstes nahm ich einen langen Pfahl, den ich in einem Schuppen gefunden und unter meiner Pritsche versteckt hatte. Daran befestigten wir die kleinen Kieferzweige, die wir von einigen struppigen Bäumen abgeschnitten hatten, bevor sie auf den Holzstapel gekommen waren. Eine leere Konservendose, die wir mühsam auseinandergeschnitten und geformt hatten, wurde zu unserem „Stern von Bethlehem".

Als Weihnachtsschmuck dienten ein paar Schleifen aus buntem Garn sowie einige Girlanden aus Papierfetzen, wie man sie im Kindergarten anfertigt. Nach Luftangriffen hatten wir oft silbrige Fäden auf dem Boden gefunden und aufgesammelt. Diese wickelten wir nun ganz vorsichtig um unseren Baum. Als alles an Ort und Stelle war, hatten wir das Gefühl, dass noch irgendetwas fehlte.

„Kerzen!", meinte meine Mutter. „Wenn wir nur ein paar Kerzen hätten!"

Sofort kam mir in den Sinn, wo ich welche finden konnte: in den drei Laternen im Schweinestall. Ich schlich in die „Schweinevilla" (wir nannten sie so, denn die Ausstattung dort war besser als bei uns) und schnitt ein Stück von jeder Kerze ab, aber so, dass es nicht zu sehr auffiel.

Jetzt wurde unser Baum lebendig. Seine Lichter spiegelten sich in den Augen aller Frauen, die sich um ihn sammelten. Meine Mutter holte ihr kostbares Neues Testament und las das Weihnachtsevangelium vor. Anschließend sangen wir leise einige Weihnachtslieder, zuletzt noch „Stille Nacht, heilige Nacht".

Plötzlich ging die Tür auf und einer der Aufseher stapfte herein.

„Was soll das denn?", fuhr er uns an.

„Es ist Heiligabend", antwortete meine Mutter ruhig. „Wir feiern Weihnachten."

„Ihr Juden?", fragte er ungläubig.

„Meine Tochter und ich sind Christen."

„Das kann nicht sein. Ihr habt jüdisches Blut."

„Das hatten die ersten Christen auch", entgegnete Mutter beherzt. „Christsein ist eine Frage des Glaubens, nicht der Rasse."

Wütend griff der Mann nach unserem Baum, riss ihn auseinander und warf die Überreste in eine Ecke. Dann stürmte er hinaus und machte alle Lichter aus.

Als ich später im Dunkeln auf meiner Pritsche lag, streckte ich meine Hand aus und drückte die meiner Mutter.

„Immerhin: Wir haben Weihnachten gefeiert", flüsterte sie.

Uns war bewusst, dass die tiefe Bedeutung von Weihnachten nicht von Raum und Zeit abhängig ist. Doch jenes Weihnachtsfest wurde uns unvergesslich – durch einen Baum, den wir mithilfe unserer Fantasie erschaffen hatten.

Comtesse M. de la Riviere

Die Weltenzeiten liegen
umhüllet im Stern
und ein Lied überzieht die Erde
von nah und von fern.
Jedes Haus ist erleuchtet
und es singen die Stimmen:
Jesus ist König,
so soll es in der Welt erklingen.

Josiah Holland

Ein englisches Weihnachtsfest

Im Jahr 1984 freute sich unsere fünfköpfige Familie ganz besonders auf Weihnachten. Dieses Fest würde außergewöhnlich werden, weil wir ein Jahr in Cambridge, England, verbrachten, wo mein Mann wissenschaftliche Forschungen anstellte. Von den ehrwürdigen Mauern der berühmten Universität umgeben, fühlten wir uns in die Vergangenheit zurückversetzt und konnten es kaum erwarten, all die interessanten englischen Weihnachtsbräuche kennenzulernen.

Als Weihnachten näher rückte, zog der feuchte Nebel auf, für den das englische Klima so berüchtigt ist. Eng zugeknöpft, um uns vor der Kälte zu wappnen, marschierten Chuck und ich mit unseren drei Töchtern die Straße hinunter zum Weihnachtsmarkt. Fasziniert betrachteten wir dort die ausgestellten Dekorationen, die in unseren Augen so romantisch und unverwechselbar „englisch" wirkten.

Wir würden uns in einer imposanten Kathedrale wunderschöne Weihnachtschoräle anhören, die ein berühmter Knabenchor einstudiert hatte. Entgegen meiner eigentlichen Vorliebe würde ich mit Begeisterung Mince Pie, Plumpudding und Christmas Cake probieren. Natürlich durften auch die „Christmas Crackers", die bunten Weihnachts-Knallbonbons, nicht fehlen.

Am 25. Dezember würden wir unsere Weihnachtspost lesen und uns gemeinsam die Weihnachtsbotschaft der Queen anhören, die jedes Jahr im Fernsehen übertragen wurde. Dabei würden wir eine gute Tasse Tee und die leckeren englischen Scones genießen.

Doch viel zu schnell zerplatzten unsere Träume von einem idyllischen, herzerwärmenden Weihnachten, wie es Charles Dickens gefallen hätte. Zwei Wochen vor Heiligabend wurde unsere jüngste Tochter, die siebenjährige Karen, schwer krank und musste ins Krankenhaus eingeliefert werden. Sie hatte sich eine seltene Lungeninfektion zugezogen, die jeden Tag schlimmer wurde. Irgendwann reagierte sie nicht einmal mehr, wenn man sie ansprach. Sie schien dem Tode nahe zu sein.

Überall in der Stadt wurden Stechpalmenkränze aufgehängt und Girlanden um Treppengeländer gewunden. Silberne Sterne vereinten sich in den Schaufenstern mit roten Kugeln, um das nahende Weihnachtsfest anzukündigen. Hier und da wurden bereits Weihnachtsbäume aufgestellt, während die Schulkinder noch emsig an bunten Papierketten arbeiteten, die ihre Väter oder Onkel später unter der Wohnzimmerdecke aufhängen würden.

Doch von alldem bekamen wir nichts mit, während wir sorgenvoll an Karens Bett wachten. Wir lasen ihr Geschichten vor und spielten ihre Lieblingskassetten ab – alles in der Hoffnung, sie aus der Bewusstlosigkeit zurück ins Leben zu holen. Chuck ließ Vorlesungen ausfallen und unsere beiden älteren Töchter erledigten zwischen ihren Schulstunden einige dringende Besorgungen. Weihnachten schien auf einmal sehr weit weg zu sein.

Als ich am Bett meiner Tochter saß, erinnerte mich Chuck: „Dies ist eines der besten Krankenhäuser des Landes. Sie ist in guten Händen."

Aber dieser Trost reichte mir nicht. Ich brauchte mehr – ich musste wissen, dass Gott uns nicht im Stich lassen würde. Er durfte mir meine Jüngste mit den niedlichen braunen Locken und dem süßen Gesichtchen, das jetzt so schrecklich blass war, nicht wegnehmen!

Wie viele andere Eltern in dieser Abteilung des Krankenhauses sang ich meiner Tochter aufmunternde Lieder vor, während ich im Innern krank vor Sorge war. Noch dazu befanden wir uns so weit weg von zu Hause, so weit weg von unserer Verwandtschaft ...

Dann merkten wir jedoch, dass Gott uns nicht vergessen hatte. Seine Güte und Fürsorge zeigten sich in den Briefen und Geschenken, die wir erhielten. Unsere Nachbarn, die Kollegen meines Mannes und die Vertreter unserer Kirchengemeinde brachten uns fertiges Abendessen für die ganze Familie sowie einen Weihnachtskaktus. Gott sorgte sogar dafür, dass der Arzt, der an Karen eine Notoperation vornehmen musste, für uns kein Unbekannter war: Er war Mitglied unserer Bibelgruppe.

Als am folgenden Tag der Pastor unserer Kirchengemeinde an Karens Bett stand und für sie betete, schlug sie zum ersten Mal die Augen auf. Mit schwacher Stimme erklärte sie: „Wenn ich groß bin, will ich Krankenschwester werden!"

Dieser Moment war mein Weihnachtsgeschenk von Gott. Er hatte mir mein Kind zurückgegeben, denn von diesem Tag an erholte sich Karen langsam, aber stetig. Auch sie bekam ein Geschenk zu Weihnachten, und zwar erhielt sie es von dem Weihnachtsmann, der die Kinderabteilung des Krankenhauses am ersten Feiertag besuchte.

„Schau mal, Mami!“, flüsterte Karen, nachdem sie das Papier aufgerissen hatte. „So eine Puppe habe ich mir schon immer gewünscht!“

Chuck und ich blickten uns an und lächelten. Tatsächlich hatte sich unsere Jüngste bereits in Amerika eine Puppe dieser Marke gewünscht, doch wir waren nicht sicher gewesen, ob wir ihr so ein Spielzeug kaufen sollten. Hier in England wurde nun endlich ihr Herzenswunsch erfüllt.

„Karen, Jesus muss dem Weihnachtsmann gesagt haben, dass du so eine Puppe haben willst“, war alles, was ich antworten konnte.

Als wir schließlich mit den übrigen Familien um einen Tisch saßen, der beladen war mit gefülltem Truthahn, Kartoffeln und Rosenkohl, überlegte ich, ob ich das Leben womöglich viel zu sehr aus den Augen eines Erwachsenen betrachtet hatte.

Mein Mann und ich interessierten uns für Geschichte und Kultur; wir waren hierhergekommen, um die Werke berühmter Philosophen und Dichter zu studieren, die in den vergangenen Jahrhunderten hier in Cambridge unterrichtet hatten. An sich war dies nicht falsch, aber vielleicht wollte Gott, dass wir den Geburtstag seines einzigen Sohnes wie Kinder feierten.

Ich fühlte mich tatsächlich wie ein Kind, als der Plumpudding – garniert mit einem Stechpalmenzweig – serviert wurde und wir die Christmas Cracker öffneten. Und dann lauschten wir der Weihnachtsansprache der Queen.

Die Worte über Hoffnung und Frieden endeten mit einem Bibelzitat: „Wenn ihr euch nicht ändert und so werdet wie die Kinder, kommt ihr ganz sicher nicht in Gottes himmlisches Reich“ (Matthäus 18,3; Hfa).

In dieser berühmten englischen Universitätsstadt, die von der Gelehrsamkeit großer Intellektueller zeugte, hatte Gott uns zu der bescheidenen Krippe zurückgebracht. Das kleine Kind, das darin lag, ist der Herrscher des ganzen Universums.

Barbara Hampton

Ihr Kinderlein, kommet,
o kommet doch all!
Zur Krippe her kommet
in Bethlehems Stall
und seht, was in dieser
hochheiligen Nacht
der Vater im Himmel
für Freude uns macht!

O beugt wie die Hirten
anbetend die Knie,
erhebet die Hände
und danket wie sie!
Stimmt freudig, ihr Kinder,
wer wollt' sich nicht freun,
stimmt freudig zum Jubel
der Engel mit ein!

Der Herrnhuter Stern

In meiner Kindheit gab es immer einen Abend Ende November, an dem Papa zu Mama sagte: „Der übernächste Sonntag ist doch der erste Advent, nicht wahr? Wäre es da nicht höchste Zeit, dass wir anfangen, unseren Stern zu basteln?"

Ohne die Antwort abzuwarten, sprangen wir drei Kinder auf und trugen eilig das Geschirr in die Küche. Papa verlängerte den Tisch mit einer Platte und Mama holte weißes Papier, Schablonen aus Pappe und stumpfe Scheren hervor. Es war Zeit, unseren Herrnhuter Stern zu basteln.

Wir lebten in Winston-Salem in North Carolina. Die Stadt Salem war von Mitgliedern der Herrnhuter Brüdergemeine gegründet worden und manche ihrer Traditionen wurden seit jener Zeit aufrechterhalten. Die Herrnhuter hatten ihre Sterne in den Kirchen aufgehängt, doch wir bastelten jedes Jahr einen für unsere Eingangsveranda.

Eine Woche lang bot sich nach dem Abendbrot jeweils die gleiche Szene: Mithilfe der Schablone übertrugen wir die Umrisse einer Zacke sorgfältig auf weißes Papier, schnitten diese Vorlage dann aus, falteten sie nach Anweisung und klebten sie zusammen. Das machten wir so lange, bis wir alle 26 Zacken des Sterns angefertigt hatten.

Während wir auf diese Weise beschäftigt waren, las Papa uns manchmal die Weihnachtsgeschichte vor. Oder er erklärte uns, dass weise und gelehrte Männer auch heute noch ein Licht benötigten, das ihnen den Weg zeigte. Mama half uns beim Basteln und wischte Leimkleckse weg, die aus Versehen auf der Tischplatte gelandet waren.

Manchmal sah eine fertige Zacke nicht genau so aus, wie sie hätte aussehen müssen. Dann fragte Mama oder Papa: „Würdest du dich besser fühlen, wenn du noch einmal von vorne anfängst?" Wir drei Kinder durften gemeinsam entscheiden, ob die Zacke in Ordnung war oder nicht. Und jeden Abend wurde die Reihe der fertigen Zacken, die auf der Anrichte zum Trocknen lagen, länger.

Eines Abends, als wir fast fertig waren, rief meine kleine Schwester: „Juhu! Ich hab's geschafft! Das war die letzte!" Gleich darauf stieß sie jedoch mit der fertigen Zacke gegen den Tisch, sodass die Spitze umknickte. Meine Schwester begann zu weinen, aber da sprang Mama ein: Sie griff nach der Zacke und bog sie wieder gerade.

„Wir müssen doch ohnehin eine der Zacken aufschneiden, um das Kabel ins Innere des Sterns zu bekommen", meinte mein Bruder. „Wenn wir diese Zacke nehmen, ist es nicht so schlimm, dass sie ein bisschen schief ist."

Das Lächeln, das Mama und Papa austauschten, schien das ganze Zimmer zu erhellen. Die Spitze der Zacke wurde abgeschnitten, um Platz für das Kabel zu lassen. Dann gingen wir alle auf die Veranda und sahen stolz zu, wie Papa den Stern aufhängte und das Licht anschaltete.

Was für einen wunderbaren Schein dieser Stern verbreitete! Obwohl in ihm dieselbe Glühbirne steckte, die für den

Rest des Jahres gerade hell genug war, um den Weg zum Eingang zu beleuchten, konnte man diesen Stern schon von Weitem erkennen. Es schien kaum möglich, doch unser handgemachter Stern erleuchtete das ganze Wohnviertel.

Es kann durchaus sein, dass Erwachsenenhände noch das eine oder andere nachgebessert haben, nachdem wir Kinder zu Bett gegangen waren. Vielleicht mussten diese Hände auch immer wieder neu Leim auftragen, wenn sich einzelne Zacken zu lösen drohten.

Doch wie dem auch sei: Das zerbrechliche Kunstwerk aus weißem Papier hielt jedes Jahr – ob es nun Schnee oder Eisregen gab – vom ersten Advent bis zum Dreikönigsfest. Ganz gleich, wie heftig der Stern vom Nachtwind hin und her geweht wurde, er war am nächsten Morgen noch heil und leuchtete.

Heutzutage sind die meisten Sterne aus haltbarem Kunststoff. Aber wenn ich nun so einen stabilen Weihnachtsstern aufhänge, schließe ich meine Augen und sehe die Sterne meiner Kindheit vor mir. Ich sehe, wie wir Kinder auf unserer Veranda stehen und uns gegenseitig versichern, dass das diesjährige Exemplar das beste von allen ist!

Und ich höre meine Eltern dafür beten, dass wir uns dieses Lichtes würdig erweisen mögen, damit es ein Zeichen für Gottes Gegenwart sei.

Margaret P. Morrison

Jesus, Herrscher über das Licht
und die Dunkelheit,
sende uns deinen heiligen Geist,
während wir uns auf Weihnachten
vorbereiten.
Wir, die wir so viel zu tun haben,
wollen jeden Tag ruhig werden,
um deine Stimme zu hören.
Wir, die wir uns um so vieles sorgen,
erwarten voller Sehnsucht,
dass du zu uns kommst [...]
Wir sind dein Volk, das im Finstern wandelt
und ein großes Licht sieht.
Wir sagen: „Komm, Herr Jesus!"

Henri J. M. Nouwen

Sein Licht dringt durch die Dunkelheit

Bei unserer Adventskalenderlesung am Abendbrottisch waren die drei Sterndeuter inzwischen fast in Bethlehem angelangt. Unsere fünfzehnjährige Sanna war heute mit dem Vorlesen an der Reihe. Sie las so hastig, als könne sie nicht schnell genug zur Krippe kommen. Ich versuchte, mich zusammenzureißen, während ihr jüngerer Bruder Jonathan in ihre Richtung Grimassen schnitt. Er triumphierte, als Sanna sich schließlich nicht mehr konzentrieren konnte und in Kichern ausbrach. Laura, unsere Siebzehnjährige, schien sich über dieses kindische Benehmen erhaben zu fühlen; sie aß ungerührt weiter.

Es ist einfach nicht mehr so wie früher, dachte ich traurig und versuchte, über meine Enttäuschung hinwegzukommen. Als die Kinder noch kleiner gewesen waren, hatten sie all die Rituale geliebt, die in unserer Familie mit der Weihnachtszeit verbunden waren – wie beispielsweise das Vorlesen der Adventskalendergeschichten. Doch inzwischen bedeutete ihnen diese Tradition nicht mehr viel.

Nach dem Abendessen hängte ich den Kalender zurück an die Kühlschranktür, belud den Geschirrspüler und träumte von den Krippenspielen, die die Kinder früher immer für meinen Mann und mich einstudiert hatten. Dafür hatten sie den Wäscheschrank nach Kostümen durchforsten dürfen.

In einem Jahr hatte unsere struppige schwarze Hündin die Rolle eines Weisen aus dem Morgenland übernehmen müssen, obwohl sie sich in ihrer Verkleidung aus einem alten Bettbezug sichtlich unbehaglich gefühlt hatte. Ich warf einen Blick auf sie, als sie – jetzt alt und steif – durch die Küche zu ihrem Fressnapf tapste, und fragte mich, ob sie sich wohl auch daran erinnerte.

Meine Laune besserte sich ein wenig, als am folgenden Tag unsere Älteste, Wendy, vom College heimkehrte. „Hallo, ich bin's!", rief sie, kaum dass sie das Haus betreten hatte. Sie gab ihrem Gepäck einen Stoß, sodass es mit Schwung über den Fußboden schlitterte. Wendy war schon immer ein richtiger Wirbelwind gewesen. Wie oft hatte ich sie – meist jedoch vergeblich – ermahnt, ihr Tempo zu drosseln und nicht ganz so impulsiv zu sein!

An jenem Abend waren mein Mann Will und ich allerdings sehr dankbar für ihre spontane Idee, ihre Geschwister zum Essen einzuladen. Solange die Kinder fort waren, hatten wir Zeit, dem Haus den letzten Weihnachtsschliff zu geben. Schließlich war alles sauber und es roch nach Zitrone, Kiefer und frisch gebackenem Kuchen. Für das Kommen des Christkindes wollte ich mein Bestes geben!

Als Will dann die Beleuchtung des Weihnachtsbaumes einschaltete, merkte ich, wie sich die ersehnte Weihnachtsstimmung in mir ausbreitete. „Geschafft", seufzte ich zufrieden, während ich mich an ihn lehnte. „Jetzt ist alles perfekt!"

Am nächsten Tag war Heiligabend. Alle eilten hin und her, um sich für die Kirche anzuziehen und noch die allerletzten Vorbereitungen zu treffen. Will, Jonathan und ich wollten den 17-Uhr-Gottesdienst besuchen, wohingegen meine Töchter sich für den späteren Gottesdienst entschieden hatten. Dazwischen wollten wir uns im Restaurant zum Abendessen treffen.

„Bis um sieben dann, Mädels", rief Will, als wir aufbrachen.

Ich warf noch einen letzten Blick auf unsere hübschen Dekorationen, bevor ich die Eingangstür zuzog. *Ja, es fühlt sich langsam wirklich wie Weihnachten an.*

Im 17-Uhr-Gottesdienst ging es etwas turbulent zu, weil so viele kleine Kinder anwesend waren. Ich spürte einen Anflug von Neid, als ich beobachtete, wie nervöse Mütter ihren Sprösslingen die Kostüme überzogen. Wie gerne hatte ich immer meinen Kindern dabei geholfen, sich auf das Krippenspiel vorzubereiten!

Dann ging das Licht aus und die kleine Bühne wurde zu einem Stall. Das schlichte Bühnenbild erinnerte mich daran, dass beim allerersten Weihnachtsfest jeglicher Glamour gefehlt hatte: Zwei Reisende hatten sich mit einer primitiven Unterkunft zufriedengeben müssen und dort war schließlich der Herrscher der Welt geboren.

Ein großer Stern wies den drei Weisen den Weg zur Krippe, wo sie mit ihren Geschenken niederknieten. Die Gemeinde sang noch ein Weihnachtslied und dann war der Gottesdienst vorbei.

Als wir auf den Parkplatz vor dem Restaurant bogen, schweifte mein Blick über die parkenden Autos, auf der

Suche nach Wendys kleinem Wagen. Doch ich konnte ihn nirgends entdecken. Will und ich betraten das Restaurant. Auf den Tischen standen hübsche Adventskränze und aus den Lautsprechern drang gedämpfte Weihnachtsmusik. Wo steckten meine Töchter nur?

Der Kellner führte uns zu einem Tisch am Fenster. Ich war dankbar, dass ich von meinem Platz aus den Parkplatz überblicken konnte. Sobald Wendys Wagen auftauchte, würde ich endlich aufhören können, mir Sorgen zu machen. Als er schließlich erschien, wusste ich nicht, ob in meinem Inneren Ärger oder Erleichterung überwog.

Die Mädchen wirkten äußerst betreten und nahmen schweigend Platz. Ich war nicht sicher, ob ich die Erklärung hören wollte, die gleich kommen würde.

„Mama", begann Wendy, während sie die hübsche grüne Weihnachtsserviette zerknitterte, „es hat ein Feuer gegeben, nur ein winziges Feuer in der Küche, aber es hat viel Ruß hinterlassen."

„Wie viel Ruß?", fragte ich, ohne zu merken, dass meine Speisekarte auf den Tisch gefallen war.

Da fing Wendy an, so bitterlich zu weinen, wie ich es schon jahrelang nicht mehr erlebt hatte. Offenbar hatte sie etwas Wachs geschmolzen, um ihre Beine zu enthaaren, und in ihrer typischen Sorglosigkeit geglaubt, sie hätte die Herdplatte bereits ausgeschaltet. Doch sie hatte sich geirrt und so hatte die Pfanne Feuer gefangen.

„Zumindest ist nicht das ganze Haus abgebrannt", versuchte Laura, uns auf die positive Seite der Situation aufmerksam zu machen.

„Und Gott sei Dank ist euch nichts passiert", meinte Will.

„Es tut mir wirklich leid, Mama", schluchzte Wendy.

Als wir das Haus betraten, schlug uns sofort der beißende Geruch nach Rauch entgegen. Das Untergeschoss war eine einzige Katastrophe: Wände, Decken, Möbel, Weihnachtsschmuck, die Krippe – alles war mit einem schmierigen schwarzen Film bedeckt. Sogar in die Schränke war der Ruß gedrungen und hatte sich auf unser Geschirr und Besteck, auf unsere Gewürzstreuer und Vorräte gelegt. Meine Kuchen waren ruiniert.

Die Sohlen unserer Schuhe färbten sich schwarz, unsere Hände ebenfalls, sobald wir irgendetwas berührten.

Der Adventskalender am Kühlschrank mit dem Bild der drei Weisen war pechschwarz. Der Stern sah aus, als ob er ausgebrannt wäre. Für mich war er das jedenfalls.

Wir zogen uns ins Obergeschoss zurück und verbrachten die Nacht in unseren eigenen Betten. Doch der Rauchgeruch war so schlimm und die Küche so unbrauchbar, dass wir am nächsten Morgen das Haus verlassen mussten. Und das an Weihnachten!

Der einzige Ort, den wir finden konnten, war ein Fast-Food-Restaurant. Am Morgen des ersten Feiertags wollten wir nicht bei Freunden hereinplatzen. „Jetzt können wir zumindest ein bisschen nachfühlen, wie es Josef und Maria ergangen ist, als kein Platz in der Herberge war", meinte Will, während wir Hamburger aßen.

„Ja", stimmte Laura zu. „Ich schätze, in Bethlehem ist damals auch alles drunter und drüber gegangen."

Mein Mann grinste und meine Kinder lachten.

Ich versuchte mitzulachen – ich versuchte es wirklich –, aber meine Verärgerung ließ sich einfach nicht abschütteln. Dabei hatte Wendy aufrichtig um Verzeihung gebeten. Sie fühlte sich schrecklich und hatte ihre Lektion gelernt, wie sie mir erklärte.

Natürlich hatte ich ihr gesagt, dass ich ihr vergab. Die Versicherung würde für alles aufkommen, sogar für unsere Hotelrechnung, bis das Untergeschoss gesäubert und neu gestrichen sein würde.

Doch in meinem Herzen wuchs ein Groll, der immer heftiger wurde, je mehr ich über dieses ruinierte Weihnachtsfest nachdachte. Es war völlig verdorben!

Am nächsten Tag wollten wir alle gemeinsam zum Bowlen gehen, doch ich entschuldigte mich. „Geht ohne mich", sagte ich zu meinem Mann. „Ich brauche etwas Zeit für mich allein."

Wendy umarmte mich schweigend, bevor sie zur Tür hinausging.

Nachdem alle fort waren, zog ich einen Mantel über und eilte nach Hause. Ich hatte vor, einige der Weihnachtsdekorationen abzunehmen und sie, so gut es eben ging, zu säubern. Ich musste einfach etwas tun.

Nieselregen und Nebel versperrten mir die Sicht auf unser Haus, bis ich in der Einfahrt war. Drinnen roch es immer noch entsetzlich. Wenn sich irgendwas verändert hatte, dann nur, dass sich noch mehr von diesem furchtbaren Ruß abgelagert hatte. Es war ein deprimierender Anblick, und ich bereute, dass ich hergekommen war.

Mechanisch begann ich, den Schmuck vom Baum zu nehmen und ihn vorsichtig mit einem Tuch abzureiben. Bald waren meine Hände pechschwarz und meine Nase war verstopft. War das wirklich dasselbe perfekte Zimmer, in dem ich mit Will gestanden und mich auf Weihnachten gefreut hatte?

Tränen liefen aus meinen Augen und hinterließen Spuren auf meinen rußigen Wangen. Eigentlich hatte ich ja schon vor dem Feuer ein ungutes Gefühl gehabt: Die Kinder waren anders als früher – irgendwie abgestumpft. Ihnen lag nicht mehr viel an all diesen festlichen Ritualen, die mir so viel bedeuteten. Ich wankte zu einem Sessel und brach darauf zusammen.

Dann fiel mein Blick plötzlich auf die Krippe. Unwillkürlich streckte ich meine Hand aus und nahm das Jesuskind aus seiner Krippe. Er lag in meiner Handfläche, grau von Ruß, völlig verdorben, so wie alles andere in diesem Zimmer und an diesem Weihnachtsfest.

Behutsam wischte ich die Figur mit meinem Ärmel sauber, wobei ich die Feuchtigkeit meiner Tränen zu Hilfe nahm. Ich gab mir große Mühe, damit wenigstens eine Sache in diesem Raum perfekt war. Bald glänzte das Christkind, als ob es nie schmutzig gewesen wäre.

Und da wurde es schließlich Weihnachten in meinem Inneren. *Erstaunlich,* dachte ich, *wie diese kleine Figur durch alles Dunkle und Schmutzige hindurchscheint.*

Als Jesus auf diese Erde gekommen war, hatte niemand das Haus für seine Ankunft geschmückt. Die Welt war ein Chaos gewesen, genau wie heute. Doch das hatte Gottes Liebe nicht davon abgehalten, sich in Bethlehem zu offenbaren, damit jeder Einzelne von uns sie heute erfahren kann.

Weihnachten ist jedes Jahr anders. Kein Fest ist genau gleich wie das vorige, und sosehr wir uns auch bemühen mögen, es wird uns niemals gelingen, Weihnachten absolut perfekt zu gestalten.

Das Wunder von Bethlehem hingegen – die Liebe Gottes, die durch das Chaos menschlicher Schwächen und Fehler dringt – ist jedes Jahr vollkommen. Weihnachten besteht darin, dass wir das Christkind unter dem Rußfilm unseres Alltags hervorleuchten sehen.

Mit einem Dankgebet legte ich das Kind wieder in die Krippe. Der Rest der Aufräumarbeiten konnte warten. Jetzt musste ich zurück zu meinen Lieben, die inzwischen wahrscheinlich wieder im Restaurant Hamburger aßen. Ich konnte es kaum erwarten, zu ihnen zu stoßen.

Shari Smyth

Wenn der wundersame
Abglanz von Weihnachten
für einen flüchtigen
Moment aufleuchtet,
werden wir daran erinnert,
was wirklich wertvoll ist
und wozu wir geschaffen wurden.

Max Lucado

Die leere Krippe

Wo ist es nur?, fragte ich mich, während ich die Kiste durchsuchte. Das Christkind fehlte – ausgerechnet jetzt, als ich hoffte, dass mich das Aufstellen der Krippe vielleicht endlich in Weihnachtsstimmung bringen würde.

Sobald ich vom Büro nach Hause gekommen war, hatte ich die Kiste hervorgeholt, in der sich die Figuren befanden, die mir meine Eltern aus dem Heiligen Land mitgebracht hatten: zwei Schafe aus goldbraunem Holz, Ochs und Esel, ein langbeiniges Kamel sowie ein Stall, auf dessen Dach ein Stern prangte. Ich entdeckte die stattlichen drei Weisen und Josef und Maria. Aber das Jesuskind fehlte.

Na, dann habe ich eben keine Krippe. Ich werde Weihnachten auch so überstehen, dachte ich missmutig.

Am nächsten Morgen eilte ich mit gesenktem Kopf zur Arbeit. Meine Hände steckten in den Manteltaschen, als ob ich mich wappnen wollte für den Anblick der weihnachtlich dekorierten Schaufenster und den geschäftigen Trubel in der Stadt. Dieses Jahr fühlte ich mich nicht nur ziemlich melancholisch, sondern hatte auch dauernd zynische Bemerkungen auf der Zunge, weil mir dieser ganze Rummel um Weihnachten einfach zu viel wurde. Offenbar war ich gegen die vorgeschriebene Weihnachtsstimmung, die sich alljährlich wie eine Epidemie verbreitete, immun geworden.

Da sah ich sie plötzlich – die Frau mit dem schmuddeligen grünen Hut. Sie war mir schon häufig in der Nähe meines Wohnblocks aufgefallen, wo sie rauchend in einem Hauseingang gestanden oder in einem Mülleimer gewühlt hatte. Ich nahm an, dass sie in einer Obdachlosenunterkunft übernachtete, doch ich hatte sie auch schon auf den Treppenstufen einer nahe gelegenen Kirche schlafen sehen.

Als langjährige ehrenamtliche Mitarbeiterin in einer Suppenküche hatte ich eigentlich keine Scheu vor Obdachlosen. Aber diese Frau war schwer zu ertragen, denn sie verfluchte Passanten und schrie Autofahrer an.

An jenem Tag schlurfte sie auf mich zu, streckte ihre Hand aus und fragte mit heiserer Stimme: „Haben Sie ein bisschen Kleingeld für mich?"

„Nein", erwiderte ich schroff. Als sie noch einen Schritt näher kam, wechselte ich rasch die Straßenseite, um sie loszuwerden.

Gleich darauf fand ich mich plötzlich vor einer Kirche wieder, in deren Außenbereich hinter einem schmiedeeisernen Geländer eine wunderschöne Krippe aufgebaut war: Die drei Weisen aus dem Morgenland, einige Hirten, ein Mann mit Umhang und eine Frau in Blau blickten alle auf die strohgefüllte Krippe, in der das Christkind lag. Es war aus Gips und hatte seine Arme ausgebreitet. Um seinen kleinen Leib war eine Stoffwindel gewickelt, seinen Kopf zierte ein goldener Heiligenschein.

Hier lag das Jesuskind inmitten von Fast-Food-Restaurants und Schuhgeschäften, unberührt vom Trubel der Großstadt.

Ich hielt inne und nahm diese Szene ganz bewusst in mich auf. Für den Bruchteil einer Sekunde spürte ich sogar einen Anflug von Weihnachtsstimmung. Doch dann hörte ich wieder die Stadtstreicherin laut schimpfen und fluchen. Zumindest zwei Personen in dieser Stadt waren also gegen die allgemein vorherrschende Sentimentalität immun.

An den folgenden Tagen ertappte ich mich dabei, wie ich immer wieder an der Kirche mit der Krippe vorbeiging. Vielleicht ersetzte diese schlichte Szene ja, was mir in meiner eigenen Wohnung fehlte, denn ich war immer noch nicht bereit, meine eigene Krippe aufzustellen.

Ich hatte einmal einen Artikel über Franziskus von Assisi geschrieben, den beeindruckenden Mönch und Visionär, der 1223 in einer Grotte in Italien die erste Weihnachtskrippe aufgebaut hatte. Zu einer Zeit, in der nur die Reichen Zugang zur Kirche hatten, wollte Franziskus verdeutlichen, dass Jesus in einer ganz schlichten Umgebung geboren worden war. Zusammen mit seinem Freund Giovanni di Velita stellte er in Greccio eine einfache Futterkrippe auf und füllte sie mit Stroh. Mönche banden daneben einen Ochsen und einen Esel an.

An Heiligabend kamen die Gläubigen von weit her und pilgerten den Berg hinauf. Sie trugen Kerzen und Fackeln und versammelten sich ehrfürchtig vor der Krippe. Einige Besucher behaupteten später, sie hätten auf dem Stroh ein Christkind gesehen; einer der Pilger war sogar davon überzeugt, dass das Kind die Augen geöffnet und den heiligen Franziskus von Assisi liebevoll angelächelt habe.

Wie real das Christkind für diese Menschen gewesen ist, schoss es mir durch den Kopf, als ich das nächste Mal an der Krippe in meinem Wohnviertel vorbeikam. Gleich darauf drängte sich mir der absurde Gedanke auf, ob das Kind, das nur mit einer Stoffwindel bekleidet war, in diesem eisigen Wind nicht schrecklich frieren müsse. Ich schüttelte den Kopf über mich selbst, zog meinen Mantel fester um mich und ging weiter.

Wenige Tage vor Weihnachten war ich erneut unterwegs zur Arbeit. Um mich vor dem Graupelschauer zu schützen, hatte ich einen Schirm aufgespannt und wollte nur im Vorbeilaufen einen kurzen Blick auf die vertraute Szene werfen. Aber dann blieb ich irritiert stehen: Maria und Josef wachten wie immer über der Krippe, doch sie war leer! Im Stroh war lediglich der Abdruck des kleinen Körpers zu sehen, das Christkind selbst fehlte!

Ich wusste nicht, ob ich weinen oder laut schreien sollte wie die Frau mit dem grünen Hut. Ich konnte nicht glauben, dass jemand das Christkind gestohlen hatte. Genau wie in meiner Krippe zu Hause war nun auch hier der Mittelpunkt des Ganzen verschwunden.

Niedergeschlagen ging ich weiter. Wer war zu so einer schändlichen Tat imstande? Ich hatte schon beinahe den Eingang zur U-Bahn erreicht, als ich aus den Augenwinkeln in einer Gasse eine zusammengekauerte Gestalt wahrnahm.

Den Rücken an eine Mauer gelehnt, hockte dort die Frau mit dem grünen Hut. Doch anstatt laut zu schimpfen oder zu betteln, beugte sie sich schützend über ein Bündel in ihrem Arm. Während sie es liebevoll hin- und herwiegte, lugte unter der Decke ein weißer Gipsarm hervor; gleich darauf blitzte ein goldener Heiligenschein auf.

Die Stadtstreicherin drückte das Kind noch fester an ihre Brust und küsste seine aufgemalte Braue.

Ich stand da und beobachtete sie, und für den Bruchteil einer Sekunde glaubte ich beinahe, das Kind würde seine Augen öffnen und die fürsorgliche Frau anlächeln.

Dann kam ein Windstoß, und die Frau zog die Decke hoch, um das Baby zu schützen. Ich konnte sehen, wie sich ihre Lippen bewegten, und hörte eine vertraute Melodie, die in dieser frostigen Luft erstaunlich süß klang: „Stille Nacht, heilige Nacht ..."

Die Frau hatte mich nicht bemerkt und ich ging auch nicht auf sie zu. Aber ich wusste plötzlich, dass der Geist des Christkindes nie weg gewesen war. Er war vielleicht dort zu finden, wo ich ihn am wenigsten erwartet hätte, doch er war nie weit weg. Diese verwahrloste Frau und die Menschenmassen um mich herum gehörten ebenso zu Weihnachten wie der unvorstellbare Glanz in Bethlehem vor so vielen Jahren.

Ich ging weiter, drehte mich jedoch noch einmal um, bevor ich die Stufen zur U-Bahn-Station hinabstieg. Die Frau kam aus der Gasse und eilte zurück Richtung Kirche, das Kind immer noch liebevoll in ihren Armen haltend. Ihr grüner Hut hob sich gegen die graue Skyline der Stadt ab.

An diesem Abend erschien ein riesiger Vollmond am Dezemberhimmel. Ich wickelte die Figuren, die mir meine Eltern geschenkt hatten, aus ihrer Umhüllung und arrangierte sie auf dem Kaminsims. Das fehlende Christkind störte mich nicht länger. Wie die Gläubigen im Mittelalter, für die das Jesuskind so real gewesen war, dass sie es in der leeren Krippe gesehen hatten, wusste auch ich: Sein Geist war immer bei mir, und zwar nicht nur an einigen wenigen Tagen im Jahr, sondern mein ganzes Leben lang.

Mary Ann O'Roark

Gott muss gesagt haben:
„Ich weiß, was ich tun werde:
Ich werde meine Liebe
genau dorthin senden,
wo die Menschen sind.
Und sie soll in der Gestalt
eines kleinen Kindes zu ihnen kommen,
damit sie es berühren
und an ihr Herz drücken können."

Gloria Gaither

Rechtzeitig vorgesorgt

Vor vielen Jahren hat mir meine Großmutter eine Geschichte erzählt, an die ich jedes Mal denken muss, wenn es in irgendeiner Weise um Geschenke geht.

Ich erinnere mich, wie ich auf Sue Belle Johnsons Schoß saß und in ihre dunklen Augen blickte. Sie erzählte von den Missionaren, die Anfang des zwanzigsten Jahrhunderts an abgelegenen Orten in den USA oder in Übersee lebten, um anderen Menschen das Evangelium von Jesus Christus zu bringen.

Häufig nahmen sie dafür widrige Umstände und manche Entbehrungen in Kauf. Vermutlich war das Gefühl von Isolation und Einsamkeit nie stärker als an Weihnachten. Um sie in dieser Zeit zu ermutigen, war es in den Kirchengemeinden in jenen Tagen Sitte, sogenannte „Missionsfässer" zu verschicken.

Schon einige Wochen vorher setzte sich der Missionar mit seiner Frau und seinen Kindern zusammen und erstellte eine Liste der Dinge, die sie sich zu Weihnachten wünschten. Meist waren darunter Kleidungsstücke, Spielsachen, Bücher oder Haushaltsutensilien – was auch immer sie benötigten, sich jedoch nicht leisten oder dort nicht kaufen konnten. Auf der Liste stand auch das Alter der Kinder und ihre jeweilige Kleidergröße.

Wenn die Liste vollständig war, wurde sie zu der Missionsgesellschaft geschickt, welche die Missionare ausgesandt hatte. Diese Organisation wiederum leitete sie an eine Kirchengemeinde weiter, deren Mitglieder sich nun darum kümmern sollten, die Gegenstände auf der Liste zu besorgen.

Die Kirche meiner Großmutter in Hattiesburg, Mississippi, war eine der Gemeinden, die solch eine Weihnachtsliste erhielt. In jenem Jahr waren sie für eine Missionarsfamilie im sogenannten „Indianergebiet" zuständig. Viele der Frauen aus der Gemeinde meiner Großmutter betrachteten es als ihre heilige Pflicht, einen der aufgelisteten Gegenstände beizusteuern – entweder indem sie ihn selbst besorgten oder indem sie das erforderliche Geld dafür spendeten.

An einem bestimmten Tag wurde schließlich alles zur Kirche gebracht. Die Frauen überprüften die Liste, hakten eine Position nach der anderen ab und packten sämtliche Gegenstände in ein großes Holzfass. Dieses Fass wurde dann so rechtzeitig abgeschickt, dass die Missionarsfamilie es noch vor Weihnachten erhielt.

Während die Mitglieder jener Gemeinde noch eifrig bei der Arbeit waren, betrat eine wohlhabende Frau die Kirche. Sie war ursprünglich nicht bereit gewesen, sich an diesem Projekt zu beteiligen, doch nun trat sie zu den fleißigen Frauen. Sie reichte ihnen einen Herren-Wintermantel und meinte lässig: „Den könnt ihr haben – ich werde meinem Mann einen neuen kaufen!"

Meine Großmutter war etwas irritiert über das arrogante Auftreten dieser Frau. Sie sagte nichts, dachte jedoch im Stillen: *All diese Leute hier haben sich eingehend überlegt, welchen Artikel der Liste sie beisteuern könnten. Manche haben persönliche Opfer gebracht, um die Missionarsfamilie zu unterstützen. Und diese Frau marschiert hier einfach rein und reibt uns unter die Nase, dass sie genug Geld hat, um ihrem Mann mal eben einen neuen Mantel zu kaufen?*

Je mehr sie über die Hochmütigkeit dieser Frau nachdachte, desto verärgerter wurde meine Großmutter. *Sie will nur etwas loswerden, das sie nicht mehr gebrauchen kann,* dachte sie. *Was für eine Weihnachtseinstellung ist das?*

Da auf der Liste kein Herrenmantel aufgeführt war, hatten die Frauen zunächst auch nicht die Absicht, den Mantel einzupacken. Aber nachdem alle gewünschten Gegenstände in dem Fass verstaut worden waren, gab es noch etwas Platz.

„Ach, kommt", meinte eine der Frauen, „lasst uns den Mantel noch dazupacken – er kann als Polster dienen, damit die übrigen Gegenstände besser geschützt sind und nicht womöglich noch unterwegs kaputtgehen."

Also falteten sie den Mantel, legten ihn hinein und verschlossen das Fass. Kurz darauf trat es seine Reise ins „Indianergebiet" an.

Viele Wochen später – Weihnachten war längst vorbei – traf bei der Kirchengemeinde ein Dankesbrief der Missionarsfrau ein. „Liebe Freunde", hieß es dort. „Wir möchten uns ganz herzlich bei euch allen für diese wunderbaren Geschenke bedanken!"

Anschließend berichtete sie, wie ihr Mann, sie selbst und ihre drei Kinder zum Bahnhof gefahren waren, um das Fass abzuholen. Zu Hause hatten sie es mitten in ihr Wohnzimmer gestellt, wo es bis Weihnachten stehen bleiben sollte. Die Kinder waren so aufgeregt, dass sie vor lauter Vorfreude darum herumtanzten.

An Heiligabend fielen dichte Schneeflocken und der Wind steigerte sich zu einem schweren Schneesturm. Kurz vor dem Abendessen, während der Sturm immer noch heftig tobte, klopfte es an der Tür.

Als der Missionar öffnete, stand ein alter Mann auf der Schwelle. Er zitterte vor Kälte, da er für diese Witterung viel zu leicht bekleidet war.

„Ich finde in dieser Schneewüste nicht mehr nach Hause", sagte er. „Darf ich hereinkommen?"

„Selbstverständlich", antwortete der Missionar sofort. „Bitte, kommen Sie herein!"

Nach dem Abendessen waren die Kinder kaum zu bändigen, so sehr freuten sie sich darauf, das Fass zu öffnen. Doch der Mutter gelang es, sie ins Bett zu bringen und auf den nächsten Tag zu vertrösten. Es sei schrecklich unhöflich, die Geschenke zu verteilen und auszupacken, solange sie einen Gast hätten, erklärte sie.

„In dem Fass gibt es nichts, was wir ihm geben könnten. Es sind ja nur die Sachen darin, die wir auf die Liste geschrieben haben. Deshalb müssen wir warten, bis der Mann wieder fort ist."

Als die Familie am nächsten Morgen aufwachte, stellte sie jedoch fest, dass der Sturm nicht nachgelassen hatte; er tobte immer noch so stark wie am Abend zuvor. Die Mutter bereitete ein leckeres Weihnachtsfrühstück zu, und nachdem alle sich satt gegessen hatten, warteten sie insgeheim nur darauf, dass das Wetter sich endlich bessern und der alte Mann wieder aufbrechen würde.

Am Nachmittag hatte sich immer noch nichts geändert, aber die Kinder konnten einfach nicht länger warten. Deshalb erklärten der Missionar und seine Frau dem alten Mann, dass das Fass viele Wochen zuvor gepackt worden war und nur Weihnachtsgeschenke für die Familie enthielt. Sie entschuldigten sich ausführlich, und als der alte Mann nickte und sagte, dass das kein Problem sei, montierte der Missionar den Deckel des Fasses ab.

Nun wurde ein Geschenk nach dem anderen herausgeholt. Jeder Gegenstand war beschriftet, sodass man genau wusste, für wen er gedacht war. Alle freuten sich riesig über die Kleidungsstücke und das Spielzeug; es war alles genau so, wie die Familie es sich gewünscht hatte. Die Kinder lachten und redeten durcheinander, während der alte Mann danebensaß und zusah.

Schließlich war das Fass beinahe leer. Doch ganz unten – in der Kirche hatte das Fass andersherum gestanden – steckte noch irgendetwas. Die Familie wunderte sich. Sie hatten doch alles, was sie sich gewünscht hatten, bereits erhalten?

Als der Missionar tief in das Fass hineinlangte und den Gegenstand zum Vorschein brachte, sahen sie, dass es sich um einen dicken Herren-Wintermantel handelte.

Der Missionar faltete ihn auseinander und hielt ihn hoch: Er schien genau die richtige Größe für ihren Gast zu haben!

„Probieren Sie ihn an“, forderte der Missionar ihn auf.

Der alte Mann nahm ihn und zog ihn über. Er passte perfekt.

„Dann war dieses Geschenk also für Sie gedacht“, sagte der Missionar lächelnd.

„Woher haben Sie nur gewusst", hieß es am Ende des Dankesbriefes, „dass wir an diesem Weihnachtsfest einen Herrenmantel benötigen würden? Gott segne Sie!"

Meine Großmutter erzählte mir, sie sei völlig überwältigt gewesen, als dieser Brief in der Gemeinde vorgelesen worden war. Sich vorzustellen, dass dieser abgelegte Mantel tatsächlich einen neuen Besitzer gefunden hatte, und zwar ausgerechnet einen alten Mann, der dieses Kleidungsstück dringend brauchte! Und die Familie, die an Weihnachten einen Fremden bei sich beherbergt hatte, war imstande gewesen, ihm ein Geschenk zu überreichen.

Es war alles so wunderbar, dass man es fast nicht begreifen konnte, meinte meine Großmutter ehrfürchtig. Gott hatte etwas, über das sie heimlich die Nase gerümpft hatte, dazu benutzt, anderen Menschen eine große Freude zu machen.

„Das war eine wichtige Lektion für mich", schloss sie. „Gott kann sogar Dinge gebrauchen, die in unseren Augen nicht viel wert sind, und wir sollten sie niemals gering schätzen."

Wenn wieder einmal Weihnachten vor der Tür steht, denke ich an diese Worte. Und während ich Geschenke aussuche, hoffe ich, dass ich dadurch andere Menschen glücklich machen kann. Am wichtigsten ist mir jedoch – und dafür bete ich –, dass Gott diese Dinge in seiner unermesslichen Weisheit und Güte gebrauchen kann.

Jacqueline H. Allen

*Weihnachten ist Liebe in Aktion.
Wenn man andere liebt,
beschenkt man sie,
so wie Gott uns beschenkt.
Sein Sohn Jesus Christus,
der als Mensch auf diese Erde kam,
um uns Gottes Charakter
zu offenbaren, ist sein allergrößtes
Geschenk für uns. Darum findet
Weihnachten im Grunde immer
dann statt, wenn wir jemanden lieben
oder ihn beschenken.*

Dale Evans Rogers

Themenverzeichnis und Angaben zu den Vorlesezeiten

Weihnachten findet im Inneren statt
Vorlesezeit: 6 Minuten

Inhalt: Frances ärgert sich zunächst darüber, dass ihr Mann auf die beleuchtete Außendekoration verzichten will, um Energie zu sparen. Doch dann wird ihr bewusst, dass es an Weihnachten nicht um Äußerlichkeiten geht.

Thema: Weihnachten findet in unserem Herzen statt und das ganze Drumherum ist im Grunde unwichtig.

Zeit des Staunens
Vorlesezeit: 6 Minuten

Inhalt: Durch die spontane Reaktion eines Kindes wird Sue bewusst, dass sie das Staunen verlernt hat und sich deshalb über Weihnachten nicht mehr so richtig freuen kann. Im Folgenden gibt sie einige ganz praktische Ratschläge, wie man diesen Fehler vermeiden kann.

Thema: Wir sollten uns immer wieder von Neuem bewusst machen, wie sehr Gott uns in Jesus Christus beschenkt hat.

Das Wunder am Filmset
Vorlesezeit: 12 Minuten

Inhalt: Eine junge Regisseurin beschreibt, wie sie einen Film über die Geburt von Jesus dreht. Sie versucht, sich in Maria hineinzuversetzen, die damals vielleicht noch ein Teenager war, und erlebt am Ende des schwierigen Drehs eine Gebetserhörung.

Thema: Die Personen, die in der Weihnachtsgeschichte auftauchen, sind uns ähnlicher, als man auf den ersten Blick denken würde.

Kein Raum in der Herberge?
Vorlesezeit: 5 Minuten

Inhalt: Bei einem Krippenspiel hält sich jemand nicht an den üblichen Text: Ein neunjähriger, leicht behinderter Junge, der die Rolle des Wirts übernommen hat, bringt es nicht übers Herz, das heilige Paar abzuweisen, sondern bietet ihnen sein eigenes Zimmer an.

Thema: Kinder identifizieren sich sehr stark mit biblischen Personen und begreifen manchmal besser als Erwachsene, worauf es eigentlich ankommt.

Die Weihnachtsstern-Flut
Vorlesezeit: 7 Minuten

Inhalt: Ein Gärtner, der große Mengen an Weihnachtsstern-Topfpflanzen züchtet, bemerkt voller Schreck, dass er viel mehr Jungpflanzen bestellt hat als sonst. Er befürchtet, dass er einen Fehler gemacht und sich dadurch ruiniert hat. Doch dann stellt sich heraus, dass in diesem Jahr die Nachfrage nach Weihnachtssternen so hoch ist, dass er alle Pflanzen verkaufen kann.
Thema: Wir dürfen darauf vertrauen, dass Gott uns ganz praktisch führt und vieles zum Guten wendet.

Das Geschenk des Advents
Vorlesezeit: 7 Minuten

Inhalt: Eine Schauspielerin, die ihrem Kind die Bedeutung von Weihnachten nahebringen will, entdeckt, wie man die Adventszeit ganz bewusst gestalten kann. Sie schafft dadurch eine wertvolle Tradition für ihre Familie und ihre Nachbarn.

Thema: Es ist wichtig, sich im Advent immer wieder Zeit zu nehmen, um sich auf das Kommen Christi vorzubereiten.

Die Bedeutung von Weihnachten entdecken
Vorlesezeit: 8 Minuten

Inhalt: Eine alleinerziehende Mutter ist frustriert, weil sie offenbar vergeblich versucht, ihrem achtjährigen Sohn die Bedeutung von Weihnachten nahezubringen. Erst an Heiligabend stellt sich heraus, dass er tatsächlich begriffen hat, worum es geht, und nicht nur an seine materiellen Wünsche denkt.

Thema: Kindern geistliche Werte nahezubringen, lohnt sich, auch wenn sich der „Erfolg" nicht immer sofort zeigt.

Der Engel am Teich
Vorlesezeit: 12 Minuten

Inhalt: Ein Berufstaucher rettet einem kleinen Jungen, der durch das Eis eines zugefrorenen Teichs gebrochen ist, das Leben. Er findet ihn allerdings nur, weil ihm ein großer blonder Mann, den sonst niemand sieht, die richtige Stelle zeigt.

Thema: Gott tut auch heute noch Wunder. Und wenn wir bereit sind, anderen zu helfen, steht er uns manchmal auf übernatürliche Weise zur Seite.

Der Strumpf
Vorlesezeit: 10 Minuten

Inhalt: Jim kann nicht begreifen, warum seine Frau so viel Wert auf bestimmte Weihnachtstraditionen legt; ihm ist der ganze Rummel um Weihnachten zuwider. Schließlich wird ihm aber klar, dass seine Frau sich aus Liebe so viel Mühe macht.

Thema: Rituale und Traditionen können kostbare Erinnerungen schaffen, wenn sich wahre Liebe dahinter verbirgt.

Der hässliche Baum
Vorlesezeit: 11 Minuten

Inhalt: Eine junge Witwe mit drei Kindern ist am ersten Weihnachtsfest nach dem Tod ihres Mannes so niedergeschlagen, dass sie keinen Weihnachtsbaum kaufen will. Den Kindern zuliebe tut sie es schließlich doch, und der armselige Baum, den die Kinder liebevoll schmücken, wird ihr zum Sinnbild der Hoffnung.

Thema: In Trauer und Not steht Gott uns bei und tröstet uns manchmal auf ganz erstaunliche Weise.

Ein Stück von dir selbst
Vorlesezeit: 8 Minuten

Inhalt: Ein Bauunternehmer überlegt, was er an Weihnachten für seine Mitmenschen tun kann. Gemeinsam mit vielen Freiwilligen renoviert er das Haus einer alten Dame, die für diese Aktion sehr dankbar ist.

Thema: An Weihnachten geht es um praktische Nächstenliebe. Jeder von uns hat Gaben und Talente, die er einsetzen sollte, um anderen zu helfen.

Ein langer Weg nach Hause
Vorlesezeit: 12 Minuten

Inhalt: Eine junge Familie flieht kurz vor Ende des Zweiten Weltkriegs aus Lettland nach Deutschland und muss dort zunächst einige harte Jahre in einem DP-Lager verbringen. Schließlich dürfen sie in die USA ausreisen, finden dort eine neue Heimat und erinnern sich nun jedes Weihnachten daran, dass Jesus das Licht der Welt ist.

Thema: Der Glaube an Jesus trägt auch durch schwere Zeiten. Selbst wenn alles ausweglos scheint, kann Gott unser Geschick zum Guten wenden.

Die Weihnachtsexpedition
Vorlesezeit: 13 Minuten

Inhalt: Ein fünfzehnjähriger Junge glaubt, Gott sei ein harter, strenger Herrscher, der ihm keine Freude gönne. Sein Gottesbild ändert sich, als er erlebt, wie Gott ihn aus Todesgefahr rettet.

Thema: Manchmal dauert es eine Weile, bis wir erkennen, wie gut Gott zu uns ist. Er tut Wunder, weil er uns so sehr liebt.

Adele
Vorlesezeit: 5 Minuten

Inhalt: Ein amerikanischer Verleger, der schon sehr früh seine Mutter verloren hat, berichtet von der Frau, die ihm die Mutter ersetzt hat und die die Weihnachtsfeste seiner Kindheit unvergesslich werden ließ.

Thema: Man muss nicht reich sein, um sich über Weihnachten freuen zu können. Wer einem Kind Nähe und Zuwendung schenkt, beeinflusst dessen Leben auf wunderbare Weise.

Zeit für Fantasie
Vorlesezeit: 4 Minuten

Inhalt: Zwei inhaftierte Frauen basteln sich einen Weihnachtsbaum und weisen darauf hin, dass die ersten Christen jüdischer Abstammung gewesen sind. Obwohl sie dadurch scheinbar nichts erreichen, wächst ihre Hoffnung.

Thema: Kreativ zu werden, um sich gegenseitig Mut zu machen, ist nie vergeblich.

Ein englisches Weihnachtsfest
Vorlesezeit: 7 Minuten

Inhalt: Eine amerikanische Familie will in England ein stimmungsvolles Fest feiern, doch stattdessen kommt das jüngste Kind ins Krankenhaus. In dieser Krise erfahren sie Gottes Güte und sind schließlich überglücklich, als das Kind sich wieder erholt.

Thema: Gott weiß, was uns wichtig ist, und er sorgt für uns.

Der Herrnhuter Stern
Vorlesezeit: 5 Minuten

Inhalt: Eine Familie bastelt gemeinsam einen großen Weihnachtsstern, den sie dann draußen vor der Haustür aufhängt. Der Stern ist von innen beleuchtet und soll ein Symbol sein für das Licht der Welt.

Thema: Etwas gemeinsam zu basteln, schafft wunderbare Erinnerungen. Jesus ist das Licht, das die Dunkelheit erhellt!

Sein Licht dringt durch die Dunkelheit
Vorlesezeit: 11 Minuten

Inhalt: Nachdem Shari ihr Haus vor Weihnachten auf Hochglanz gebracht hat, gibt es ein Feuer und die ganze Wohnung ist mit einem Rußfilm überzogen. Sie ist völlig frustriert, bis sie schließlich die Christkind-Krippenfigur sauber reibt und sich auf die eigentliche Bedeutung von Weihnachten besinnt.

Thema: Die Liebe Gottes dringt auch heute noch durch das Chaos der menschlichen Unvollkommenheit zu uns hindurch.

Die leere Krippe
Vorlesezeit: 8 Minuten

Inhalt: Eine obdachlose Frau stiehlt das Christkind aus einer Krippe – aber nicht aus Bosheit, sondern um es schützend im Arm zu halten.

Thema: Jesus soll das Zentrum unseres Lebens sein – unabhängig von Äußerlichkeiten.

Rechtzeitig vorgesorgt
Vorlesezeit: 9 Minuten

Inhalt: Eine Missionarsfamilie erhält an Weihnachten ein Paket von einer Kirchengemeinde, das viele Dinge enthält, um die sie ausdrücklich gebeten hat. Doch eine unerwartete Spende erweist sich als ganz besonderer Segen.

Thema: Gott weiß schon im Voraus, was wir benötigen, und er sorgt für uns.